Walter W. Braun

Emilies Stories

fantasievolle Kurzgeschichten,
Erzählungen und Gedichte

*Bibliografische Information der Deutschen Nationalbibliothek:
Die Deutsche Nationalbibliothek verzeichnet diese Publikation in der Deutschen Nationalbibliografie; detaillierte bibliografische Daten sind im Internet über http://dnb.dnb.de abrufbar.*

*© 2013 Name des Autors/Rechteinhabers:
Walter W. Braun (Schwarzwaldautor)
Überarbeitung: 2020*

*Fotos: Walter W. Braun
weitere Mitwirkende:
Natascha Strasser (Schweiz), 15-17 Jahre z.Z. der Verfassung
Ellen Bussetta,
Resi Braun,
Horst Reiner Menzel (Autor, Aphoristiker)*

Herstellung und Verlag: BoD – Books on Demand, Norderstedt

ISBN: 978-374-122-876-6

Inhaltsverzeichnis

1 Unkluges Grauhörnchen..7
2 Brieffreundschaft – Eine kleine Liebesgeschichte..................10
3 Kurzgeschichte zur einstigen chinesischen Ein-Kind-Politik..14
   Entflammt..15
4 Sehnsucht nach Rache – Ein Krimi..20
5 Zeit der Veränderung
   5.1 Zukunftswünsche 33
   5.2 Wassertropfen..42
   5.3 Hetzjagden..49
6 Wachträume – Luzide Kurzgeschichten über das Träumen...62
   Kapitel 1..63
   Kapitel 2..67
   Kapitel 3..70
   Kapitel 4..75
   Kapitel 5..79
7 Narzisias Abenteuer..83
   Kapitel 2..86
   Kapitel 3..87
   Kapitel 4..89
8 Geschichten von Ellen
   Das besondere Haus..95
   Ein kleiner, bunter Wellensittich..99
   Mutprobe..101
9 Kurzgeschichten von Horst Reiner Menzel
   Das Kind am Bache, eine wahre Begebenheit......................105
   Erlebnisse einer Vogelfreundes...106
   Der Sündenbock..107
   Der gestohlene Weihnachtsbaum..108

10 Gereimte Geschichten in Alemannisch
   Revolution 1948 – 1949 111
   D'Draum vum siebte Himmel 116
   S'het g'schtunke 121
11 Amseltreue 124
   Amseltod 125
   Eiscafé Italia 128
   Konversation im Park 131
   Sicht einer Saatkrähe 133
12 Total verschätzt 136
   Die verschwundene Jacke 139
   Späte Rache 141
   Drei Originale in der Sauna 143
13 Anam Cara – Seelenfreunde 150
   Epilog 157

1

Unkluges Grauhörnchen

Von Natascha Strasser (Schweiz), 15 Jahre

Der Herbst schien gerade erst die alte Buche begrüßt zu haben, zu deren Fuße sich ein Eichhörnchen bemühte, fleißig Nüsse und anderen Leckereien als Wintervorrat zu sammeln.

Nach kurzer Weile gesellte sich ein Grauhörnchen dazu und beäugte ungläubig wie erstaunt die gehorteten Vorräte des fleißigen Eichhörnchens.

„Erkläre mir doch mal, wieso bereitest du dich jetzt schon auf den Winter vor, der doch noch eine gute Weile auf sich warten lassen wird? Schau nur mich an, ich vergeude meine Zeit doch nicht mit solch unnützem Tun und genieße dafür die Tage, die ich noch nicht verschlafen muss", sprach das Grauhörnchen und kletterte auch schon die Buche flink empor. Das Eichhörnchen ließ sich jedoch nicht beirren, führte seine Tätigkeit fort und sammelte für sich weiter Vorräte.

Dann kam es, dass der Winter den durchwachsenen Herbst über Nacht ablöste und dabei etwas voreilig war. Das Eichhörnchen hatte sich zuvor gesättigt und zufrieden in seinen Bau zurückgezogen, wo es auf die lange Reise eines erholsamen Winterschlafes gegangen war. Kaum hatte es sich einige Tage – oder vielleicht waren es auch schon Wochen – im sorgfältig zubereitenden Lager aus weichem Moos, dürrem Gras und duftenden Kräutern bequem eingerichtet, wurde es jäh in seinem Schlaf von nervigem Klopfen gestört. Das Grauhörnchen hatte verzweifelt das Winterlager seiner Nachbarin aufgesucht. Vom Hunger gezeichnet, saß es erbarmungswürdig und vor Kälte zitternd vor dem gut geschützten und den winterlichen Unbilden trotzenden Bau.

„Eine Erklärung für den Grund meines fleißigen Bemühens, möglichst früh genug ausreichend Vorräte für den Winter zu sammeln, muss ich dir wohl nicht mehr liefern, was Herr Nachbar?", sagte das Eichhörnchen mit vorwurfsvollem Klang in der Stimme. Daraus waren durchaus der stille Triumph und eine sorgende Mahnung einer klugen Überlebensstrategie herauszuhören. In Sorge war das Eichhörnchen allerdings nicht, hatte es doch für beide genug gesammelt. „Ich will mal nicht so sein, mein Bester, bediene dich von meinen Vorräten, es ist genug für uns Beide da. Es soll dir aber eine Lehre für die Zukunft sein: Sammle in der Zeit, dann hast du in der Not."

Gierig und überaus dankbar machte sich das Grauhörnchen über die leckeren und stärkenden Vorräte her. Mit seinen meißelharten Schneidezähnen hatte es schnell Nuss für Nuss geknackt und gierig den sättigenden und kräftespendenden Inhalt verzehrt. Nachdem es sich dann endlich satt fühlte, durfte es großzügig auch noch die Backentaschen füllen und vom Vorrat etwas mitnehmen. Dann zog es sich müde in sein eigenes Schlaflager zurück, in der Hoffnung, nun auch die verdiente Winterruhe finden zu dürfen.

Musizierende Fabelwesen

2

Brieffreundschaft, eine kleine Liebesgeschichte

von Natascha Strasser (Schweiz), 15 Jahre

Nervös stand er da, Urs ein Schweizer Junge mit 16 Jahren, und ließ das Schultor auf der anderen Straßenseite nicht aus den Augen. Das Tor das sie, seine heimliche Liebe, in wenigen Minuten passieren würde. Schon länger schwärmte er für die rotblonde Michelle, die ein Jahr jünger wie er ist. Bisher waren sie sich noch nie persönlich begegnet, nur brieflich stehen sie seit einiger Zeit in Kontakt. Minutenlang verweilte er reglos neben der noch ausgeschalteten Straßenlaterne im mediterranen Stil, während die Sonne am Himmel konsequent ihrem Weg nach Westen folgte und im Spektakel eines farbenprächtigen Abendhimmels bald unterging.

Sein immer länglicher werdender Schatten vermischte sich langsam mit der hereinbrechenden Dunkelheit, die unvermeidlich den kühleren Abend ankündigte, und er hoffte, dass sich schon bald ein weiterer Schatten zu dem Seinigen gesellen würde, der Schatten seiner Angebeteten.

Vor einigen Wochen hatte er zufällig den ersten ihrer Briefe bekommen – sehr edel, mit schwarzen Lettern auf weißem, pergamentähnlichem Papier, eingebettet in einem Schuhkarton und mit der geheimnisvollen Aufschrift: „Barfuß musst du noch ein Weilchen bleiben, aber antworte mir, wenn du einsam bist."

Nein, einsam war er keineswegs, dafür aber sehr neugierig, und so kam es, dass zwischen ihnen eine Brieffreundschaft entstanden ist, vielleicht in Zeiten von SMS und Mails nicht mehr zeitgemäß aber getreu nach alter Väter Sitte. Seine Brieffreundin hatte die angeborene und unschätzbar nützliche Begabung, allein mit Sätzen und Formulierungen eine kleine Welt in seinem Kopf entstehen zu lassen. Seine Fantasie kam heftig ins Rotieren und weckte in ihm stille Begierden. Täglich suchte er in freudiger Erwartung die alte Lärche auf, die inmitten eines verlassenen Spielplatzes stand. Dort in einer Baumhöhle hatte sie einen abgewetzten Schuhkarton im Versteck deponiert. Mit jeder Zeile die er las, stieg sein Interesse an ihrer Person, und so kam es, dass er schließlich den Mut fand und beschloss, sie nun direkt am Schultor zu überraschen und abzuholen.

Seinen wild in der Brust pochenden Herzschlag spürte er bis zum Hals und sogar bis in die Zehenspitzen, und er fühlte, wie sich langsam Schweißtopfen auf seiner Stirn bildeten und ihm brennend in die Augen rannen. Mit einer Handbewegung wischte er den Schweiß zwar immer wieder ab, doch bildete sich unverzüglich schimmernd neuer auf seinem Kopf und in den schwarzen Haarsträhnen, wobei die Tropfen gefühlt immer größer wurden. Dank der plötzlich ertönenden Schulglocke musste er sich nicht länger mehr in Geduld üben und auf das Bevorstehende innerlich vorbereiten, sie würde endlich bald erscheinen.

Und dann war es soweit, er sah sie kommen. Kein Zweifel, sie war es. Das Bild, das sie ihm zugeschickt hatte und das er seither wie einen Goldschatz hütete, bestätigte es eindeutig. Ihr leicht rötlich schimmerndes Haar hatte sie zu einem lockeren Pferdeschwanz gebunden, aus dem sich keck Strähnen gelöst hatten und die ihr Gesicht nun spielerisch umrahmten. Sie wurde von einem anderen Mädchen begleitet, mit dem sie sich anscheinend angeregt zu unterhalten schien, doch irgendetwas stimmte nicht bei der Unterhaltung, ihre Lippen bewegten sich nicht. Stattdessen führten sie akzentuierte Bewegungen mit ihren Händen aus.

Er brauchte einige Sekunden um zu begreifen, dass sich die Beiden miteinander in der Gebärdensprache unterhielten.

Nachdenklich betrachtete er den Schuhkarton, den er aus dem Versteck geholt hatte und nun in den Händen hielt, riss dann seinen Blick davon los und überquerte mit gemischten Gefühlen die Straße.

Verdutzt schaute sie ihn mit weit aufgerissenen Augen an, als er plötzlich so überraschend vor ihnen stand und schüchtern lächelnd den Schuhkarton zeigte. Jetzt war er sehr gespannt welche der Beiden nach dem Karton greifen würde. Denn dass sie Schwestern waren, war unverkennbar, das sah man auf den ersten Blick. Die Ähnlichkeit war frappierend.

Die etwas Schüchterne wirkende sah ihn lächelnd an, aber dann löste sich der Bann und sie ergriff den Karton; ihren Karton. Wärme stieg in ihm auf und er hoffte nur, sie würde nicht erkennen, wie ihm das Blut in den Kopf stieg und seine Wangen sich erröteten.

„Hi, ich bin Michelle und das ist meine Zwillingsschwester Veronique", stellte sie sich mit weicher warmer Stimme vor. Schon die wenigen Worte lösten die Verkrampfung der ersten persönlichen Begegnung. Es blieb nicht die Letzte. Eine schöne intensive Zeit des Zusammenseins sollte folgen.

Mandela, gezeichnet von Lukas (8 Jahre)

3

Eine Kurzgeschichte
zur einstigen chinesischen Ein-Kind-Politik

Einleitung

In dieser Kurzgeschichte wird die bis vor kurzem noch gesetzlich vorgeschriebene chinesische Ein-Kind-Politik mit Hilfe des Figuren-Vorbildes, der griechischen Heldin Atalante*, thematisiert. Ein weiteres Thema meiner Geschichte wäre allerdings auch, dass mit Mut und dem Willen zur Veränderung jede noch so unbefriedigende Situation verbessert werden kann, wenn der Wille dazu da ist.

Aus auktorialer Sicht werden Erinnerungen der Hauptfigur behandelt und die Unzufriedenheit des Vaters beleuchtet, wegen des Geschlechts seines Kindes – eine Unzufriedenheit, die auch heute noch in den ländlichen Gegenden Chinas leider zum Alltag gehört.

Das Mädchen Atalante musste auf Grund ihres Geschlechtes viele Ungerechtigkeiten erleben, konnte jedoch letztendlich alle für sich gewinnen und stellt daher eine perfekte Vorlage für die Protagonisten meiner Geschichte dar.

Die Wende allerdings bringt erst der Moment, in dem die Hauptfigur Heldenmut beweist und ein Kind aus der Bedrohung durch tödliche Flammen rettet. Die Eigeninitiative leitet die Geschichte ein, wird aber absichtlich von Erinnerungen unterbrochen, welche für ein besseres Verständnis ihrer Person sorgen soll, und schließt die Geschichte letztlich mit einem offenen Ende ab.

* Atalante war eine Prinzessin, die König Iasus von Arcadia geboren wurde, der sich jedoch einen Sohn gewünscht hatte.
Sie war eine der wenigen weiblichen griechischen Helden und eine große Jägerin.

Entflammt

Von Natascha Strasser (Schweiz), 16 Jahre

Unaufhörlich prasselten dicke Regentropfen auf den Asphalt und verursachten ein dumpfes Platschen, welches jedoch niemand vernahm. Als ob sie einem bestimmten Plan folgen würden, sammelten sich die Tropfen und bildeten eine große Pfütze, die unförmig ein tobendes Feuer über ihr widerspiegelte. Leichte Wellenbewegungen verformten das Bild, ließen die Farben zu einem Gebilde aus scharlachroten Schlangen verlaufen. Ein Jeder, der Zeuge dieses fantastischen Farbenspiels geworden wäre, hätte sich nur schwerlich seiner Faszination entziehen können. Die nach Außen weglaufenden Bewegungen gewannen an Stärke und auf einen Schlag wurde das Bild der Schlangen unterbrochen. Der Fuß eines jungen Mädchens trat in die Pfütze hinein, befreite sich jedoch beinahe schon im selben Moment wieder und hinterließ Abdrücke auf der schlammig gewordenen Asphaltstraße.

In Windeseile lief das Mädchen der Quelle der Flammen entgegen, deren Hitze ihr alsbald peitschend ins Gesicht entgegenschlugen. Sie musste die Augen zusammenkneifen, um den Eingang des brennenden Hauses noch erkennen, auf den sie zuhielt. Bevor sie das Ziel erreicht hatte, hielt sie abrupt inne und rang erst einmal tief nach Luft. Dann hielt sie kurz den Atem an, holte langsam Luft und stieß sie im selben Rhythmus wieder ruhig und gleichmäßig aus. Nur zu gut wusste sie, dass vorschnelles Handeln ihr nur das eigene Leben kosten und nichts zur Hilfe der Anderen beitragen würde.

Konzentriert und zügigen Schrittes überstieg sie die schon ankohlten Bretter des Zaunes, der einst als Hürde für unerwünschte Besucher diente und nun nutzlos unter ihren Füssen einen knarrenden Ton abgab.

Sie erreichte eine Tür, die noch erstaunlichen Widerstand gegen die Flammen leistete, öffnete sie mit einem Ruck und warf einen Blick hinein. Qualm schlug ihr entgegen und hüllte sie ein, der ihr zudem unangenehm in den Augen brannte. Da, sie glaubte aus den Augenwinkeln heraus abseits ihren Vater zu erkennen. Ehe sie sich ihm zuwenden konnte, raubten ihr die vorbeiziehenden Rauchschwaden und dichter Qualm erneut die Sicht. Sie versuchte mit dem Taschentuch in den bloßen Händen ihr Gesicht und ihre Augen vor der Hitze und dem Rauch etwas zu schützen. Dazu beunruhigte und irritierte sie die leere Dunkelheit für einen Moment etwas, als plötzlich vor ihrem inneren Auge das Bild ihres Vaters auftauchte.

Das liebende Lächeln, das sie in seinem Gesicht sah, machte das Bild eigenartig unwirklich und fremd. Nie in ihrem ganzen Leben hatte er bisher ein solches stolzes Lächeln für sie übriggehabt. Seine Tragik ist – um es nicht Unglück zu nennen – sie hatte ihm die einzige Möglichkeit des heißersehnten Erbens genommen, indem sie als wertloses Mädchen das Licht der Welt erblickt hatte. Seit sie denken konnte, ließ er sie das seither tagtäglich verletzend spüren. Einzelne Erinnerungsfetzen huschten wie Schwaden grauen Nebels in ihrem Geiste vorüber und suchten drängend einen Weg an die Oberfläche. Wehmut, innerer Schmerz ließen sich nicht immer unterdrücken und Tränen rannen ihr in der Vergangenheit oft heimlich über die Wangen. In manchen Augenblicken, wenn sie alleine in ihrem Zimmer saß oder schlaflos im Bett lag, gab sie sich kurz den schmerzvollen Erinnerungen und der Sehnsucht nach der Vaterliebe hin.

Da waren Mei-Jings früheste Erinnerungen an die schweißnasse Hand ihres Vaters und die Scham, die ihm ins Gesicht geschrieben stand, wenn sie während eines Spaziergangs auf seine Freunde trafen, die allesamt mit stolzgeschwellter Brust einen Jungen präsentieren konnten.

Das waren dann die bittern Momente der Erkenntnis, dass sie eigentlich ein Wunschkind gewesen wäre, aber als weibliche Person niemals erwünscht worden war.

Das Geschlecht des Kindes entschied in diesem Staat über die Zukunft einer Familie. Während Jungen das Rentensystem ersetzten und der Aufgabe nachkamen, die eigenen Eltern im Alter zu unterstützen, heirateten Mädchen, um sich dann infolgedessen hauptsächlich um die Eltern des Angetrauten kümmerten – kümmern mussten.

Der Moment ihrer Geburt bedeutete daher für Mei-Jings Familie eine finanzielle Katastrophe und zugleich einer vertanen Chance, welche in der chinesischen Ein-Kind-Politik nur einmal vergeben wurde, weil von Staats wegen nur ein Kind genehmigt wurde oder zur Zeugung freigegeben und erlaubt war.

Ihr Vater hatte nie versucht seine Enttäuschung vor ihr und in ihrer Gegenwart zu verbergen. Im Gegenteil, er vermittelte ihr von jeher das Gefühl, Schuld an seinem Schicksal zu sein und was der Familie für ein Unglück in der Familienplanung widerfahren ist. Wie absurd die Anschuldigungen auch sein mochten, jeglicher Frust wurde auf sie abgeladen. Mei-Jing beobachtete oft sehnsuchtsvoll die Beziehungen von Jungen in der Nachbarschaft zu ihren Vätern, die ihre Söhne wie kleine Kaiser erzogen und nach Herzenslust verwöhnten.

Die Jungen spürten intuitiv ihre Überlegenheit und begannen sie zu piesacken, wann immer sie Gelegenheit dazu fanden. Die Hände tief unter ihrer Schürze vergraben, die spröden Lippen verkrampft und zusammengepresst, stand sie dann wie erstarrt da und nahm die Provokationen widerstandslos hin.

Ein schrecklicher, kindlicher Schrei löste sie abrupt aus ihren Gedanken und unangenehmen Erinnerungen. Sie riss die Augen auf und folgte dem leisen Wimmern, das sie zu orten suchte. Krampfhaft bemühte sie sich nun nicht mehr um Achtsamkeit, sondern hastete eilig über die morschen Treppenstufen nach oben, während sie das vernichtende Feuer knistern und knacken hörte. Zum Glück erkannte sie ohne langes Suchen und Verzögerung sofort den kleinen Jungen, der in seinem Zimmer bei offener Tür zitternd auf dem Bettchen kauerte. Keuchend ergriff sie seine Hand, zog ihn ruckartig über ihre Schulter, öffnete das Fenster, zögerte kurz und sprang mit ihm in die Tiefe.

Ehe sie aufprallte, sah sie noch, wie mehrere Männer herzu rannten, unter denen sie auch ihren Vater erkannte. Dann nahm sie noch den Aufprall und ein unangenehmes Knacken in ihrem Rücken war. Ein letzter Blick galt ihrem Vater, der nun bei ihr war und sich über sie beugte. Sie sah in seinen Augen Stolz und zugleich die Sorge, dann hüllte sie die Dunkelheit ein.

Die Medien überschlugen sich im Lob für die Rettungstat eines jungen Mädchens und sie zollten ihr im Nachhinein höchste Anerkennung und Respekt. Der Junge kam allein mit einem Schock davon, fand Tröstung in den Armen seiner nun auch anwesenden Mutter. Er hatte nur eine leichte Rauchgasvergiftung erlitten.

Flammenteufel, eine Bühler Fastnachtsfigur

4

Sehnsucht nach Rache

Ein Krimi von Natascha Strasser (Schweiz), 16 Jahre

Kapitel 1

Die Wipfel der Bäume bogen sich, die Blätter rauschten in der steifen Brise. Ein unangenehm kalter Wind pfiff an diesem Wintertag durch Straße und Gassen, sowie um die Häuser. Bald würde es wohl Sturm geben. Die Straße war schon längst in grauen Dunst gehüllt, es dunkelte, dass man meinte, die Nacht wäre schon hereingebrochen.

Mira war es unheimlich zumute, sie schaute auf die Uhr und erschrak: „Was, schon 18 Uhr, und ich habe doch meinen Eltern versprochen, heute würde ich um 17.30 Uhr zu Hause zu sein.

Ihr Vater war für gewöhnlich sehr streng, vor allem, was die Pünktlichkeit anging. Er ist geborener Japaner und lebt immer noch sehr seine japanische Wesensart. Miras Mutter war da ganz anders. Sie erzog Mira eher nach deutschem Brauch und Gewohnheiten. Das Mädchen bekam eigentlich seinen Vater nur selten zu Gesicht. Er war Polizeikommissar und arbeitete unregelmäßig und häufig bis spät in die Nacht. Sein einzig freier Tag, den er für seine Familie reserviert hatte, das war allgemein der Sonntag und heute war Sonntag. Ihr Vater wäre sehr gekränkt, wenn sie ausgerechnet an seinem freien Tag zu spät kommt und damit seine Pläne durcheinander bringt.

Weil sie keinen Ärger bekommen wollte, beeilte sich Mira und rannte los. So schnell sie konnte lief sie einen Nebenweg entlang, der in die Hauptstraße mündete. Etwas weiter musste sie die Straße wieder verlassen und bis ans andere Ende der Stadt durch kleine Gässchen und unbedeutende Nebenstraßen gehen. Die Weglänge nahm einige Zeit in Anspruch, deshalb beschloss sie eine ihr bekannte Abkürzung durch den Park zu nehmen. Dazu musste sie allerdings einen Zaun überklettern, so wie sie es oft schon getan hatte. Dann aber rannte sie einen breiteren geschotterten Fahrweg entlang, der eigentlich aber nicht von Fahrzeuge befahren werden durfte. In ihrer Eile merkte sie gar nicht, dass sie der Fahrer eines schwarzen BMWs im Visier hatte und auf diesem Tabuweg im gewissen Abstand ihrem Schritttempo folgte.

Kapitel 2

Inzwischen war die Zeit unaufhaltsam schon auf 19.15 vorgerückt. Jeremy und seine Schwester Cheyenne waren damit beschäftigt in den Computerbildschirm zu starren, während sie ein kleines Männchen mit dem Gameboy in verwunschenen Welten und über allerlei Ebenen steuerten.

Plötzlich klingelte das Telefon. Unwillig mussten sie ihr Spiel unterbrechen, was vor allem Jeremy sehr nervte. Er nahm den Hörer ab und fragte mit einem gewissen Unterton in der Stimme: „Was ist?" Es hörte sich nicht gerade sehr freundlich an, wie er seine Frage in den Hörer hineinbellte. Das kümmerte Kommissar Fuyumi anscheinend jedoch nicht oder ist ihm überhaupt nicht aufgefallen. Im üblichen Polizeijargon wollte er gebieterisch wissen: „Hallo Jeremy, ist Mira vielleicht noch bei euch zu Hause?

„Nö, warum?" fragte Jeremy. Kommissar Fuyumis Stimme klang nun schon etwas besorgter. „Vor zwei Stunden sollte das Fräulein Tochter zuhause eintreffen, ist aber immer noch nicht aufgetaucht. Sie hat Michael besucht, wo treibt sie sich denn bloß herum?"

„Haben sie bei Michael schon angerufen? Vielleicht isse ja noch bei ihm." „Natürlich, bei ihm habe ich zuerst angerufen, nein, dort ist sie nicht mehr. Er sagte, sie sei bereits um 17.15 Uhr losgegangen."

Doch Jeremy sorgte sich keineswegs und dachte sich auch nicht viel dabei. Er versuchte den Kommissar erst einmal zu beruhigen: „Sie wird sicher bis morgen früh wieder auftauchen. Mira verspätet sich ja häufig oder übernachtet schon mal bei ihren Freundinnen. Wenn sie nicht auftaucht, ist immer noch Zeit, ihren Kollegen zusagen, dass ihre Tochter verschwunden ist und eine Vermisstenanzeige aufzugeben. Machen sie sich aber nicht zu früh unnötig Sorgen." „Ja, so wird es sicher sein", nuschelt der Kommissar und legte auf. „Der hat es nich' mal nötig tschüss zu sagen", mokierte sich Jeremy über die unfreundliche Art das Gespräch zu beenden und legt ebenfalls den Hörer auf.

Cheyenne rief vom Sofa aus ihrem Bruder zu: „Was ist denn los, Jeremy?" Er antwortete: „Mira scheint verschwunden zu sein. Ich mach mir zwar auch gewisse Sorgen, aber zuerst musste ich ihren Vater beruhigen. Wenn sie bis morgen nicht wieder auftaucht, muss der Vater wohl oder übel die Polizei einschalten. Ich denke aber nich', dass es soweit kommen wird." „Befürchtest du, sie ist einem Gauner in die Hände gefallen oder sie wurde eventuell sogar entführt?"

Jeremys Ton wirkte nun doch einen Deut verunsicherter: „Na ja, freiwillig und ohne Grund wird sie sich ja nicht verspätet haben oder gar verschwunden sein. Sowas kann ich mir kaum vorstellen. Das ist einfach nicht ihre Art und ihre Familie ist ihr zu wichtig."

„Ich kann nicht glauben, dass sie entführt wurde, ihre Eltern sind ja nicht reich", fand Cheyenne, „es wäre ja nich' so'ne tolle Entführung, denn für ein paar Hunderter Franken lohnt sich der Aufwand und das Drumherum gewiss nicht. Sicher taucht sie bis morgen wieder auf. Wir machen uns da, glaube ich, umsonst Sorgen." „Da bin ich mit dir einer Meinung", sagte Jeremy, gestand sich aber ein, dass er sich doch etwas mehr Sorgen machen sollte.

Der Montagmittag kam und seine Sorgen bestanden inzwischen zu Recht, denn Mira fehlte an diesem Tag morgens in der Schule. Michael stellte sich nun, wie in einem Horrorfilm, „seine" Mira vor, einsam und in einem dunklen Verließ, zusammengeschnürt wie ein Paket, hilflos, schreiend und verzweifelt. Er betonte besonders „seine Mira". Denn Cheyenne und Jeremy wussten ganz genau, wie sehr Michael in Mira verliebt war. Fast jeder wusste es, außer Mira selbst.

Sie war immer noch der festen Überzeugung, Michael sei ihr nur ein „guter Freund". Doch aus Miras Gefühlen wurde niemand recht schlau. Sie konnte perfekt ihre eigenen Gefühle verbergen und machte sich über die der Anderen keine großen Gedanken.

Nach der Schule schauten die drei bei Kommissar Fuyumi, Miras Vater, vorbei. Der hätte normalerweise seinen freien Tag, aber da Mira schon seit mehr als 20 Stunden überfällig war, versuchte er jetzt alles zu tun, um den Aufenthaltsort seiner Tochter herauszufinden. Jeremy, Cheyenne und Michael boten ihm dabei ihre Hilfe an. Doch er entgegnete nur kurz angebunden: „Das ist keine Sache für Kinder. Wir haben es sicher mit Entführern oder gefährlichen Gangstern zu tun. Ich will nicht, dass ihr euch unnötig in Gefahr bringt, habt ihr verstanden?" Damit war für ihn das Gespräch beendet und er wendete sich wieder seiner Arbeit zu. Enttäuscht verließen Jeremy und die anderen das Polizeirevier, jedoch in festen der Absicht, nunmehr auf eigene Faust loszuziehen und in eigener Regie zu recherchieren.

Plötzlich kam Cheyenne eine Idee: „Vielleicht finden wir ja in Miras Zimmer etwas Wichtiges, was uns weiterbringen könnte."

Jeremy befürchtete zwar, das würde nicht viel nützen. Dort aber einmal vorbei zu gehen und ihr Zimmer zu durchsuchen, dafür war Michael trotzdem zu begeistern. „Alles was mit Mira zu tun hat", meinte Jeremy, „sollten wir wenigstens versuchen." Unverzüglich schritten sie zur Tat und waren nicht lange danach vor Ort.

Die Drei durchsuchten gründlich Miras Zimmer, gaben aber nach einer Weile resignierend auf. Sie hatten dort nichts finden können, rein gar nichts, was sie hätte irgendwie weitergebracht. Dann kamen sie auf die Idee: „Wir könnten doch Miras Weg zurückverfolgen." „Das ist gut", Michael war sofort begeistert. Gestartet sind sie bei Miras Elternhaus, von da schlenderten die Freunde den Weg entlang bis zur Hauptstraße. Hier trafen sie auf Parkplätze. Michael überlegte: „Wenn hier wirklich jemand auf Mira gelauert haben sollte, dann müsste er garantiert mit einem Auto unterwegs gewesen sein. „Ja, und er musste erst mal den Motor abstellen, denn er wusste ja überhaupt nicht, zu welchem Zeitpunkt Mira auftauchen würde", setzte Cheyenne ihre Überlegung fort, „und dafür ist ein Parkplatz am Nützlichsten, wenn er wie dieser hier kostenlos ist." „Vielleicht finden wir so eine Spur", hegte Jeremy eine vage Hoffnung.

Beim Suchen waren sie zunehmend sicher, dass sie dort etwas finden würden und so war es dann auch. Im Schnee sahen sie nicht nur Reifenspuren, die an einem Platz endeten, sie entdeckten mehrere markante Fußabdrücke von Herrenschuhen.

„Die sollten wir uns merken", empfahl Cheyenne. Jeremy zog Stift und Zettel aus seiner Tasche. „Gut, dass ich solche profanen Dinge immer in meiner Hosentasche mit herumtrage." Flugs begann er die Fußabdrücke auf drei Zettel aufzuzeichnen; für jeden einen. „Wo sind wir denn, warum machst du dir solche Mühe, Jeremy? Michael hat doch ein Handy und kann von den Abdrücken ganz einfach ein Foto machen. Das ist erstens praktischer und zweitens bildhaft", wandte Cheyenne verwundert ein. „Wo sie recht hat, hat sie recht", pflichtete Michael bei und bannte einige der Fußabdrücke aus verschiedenen Blickrichtungen aufs Bild seiner Handykamera. „Diese Bilder werden uns garantiert noch sehr nützlich sein", gab er sich zuversichtlich.

Da es schon später Abend geworden war, trennten sie sich für diesen Tag, um zuhause noch ihre eine Pflichtaufgabe, die Hausaufgaben zu erledigen.

Kapitel 3

Da Jeremy und Cheyenne den Haushalt mit ihrem Vater teilten, übernahm Cheyenne das Einkaufen und Jeremy kochte. So war es auch nach der Schule am nächsten Tag. Sie stöberte aufmerksam suchend in den Regalen des Supermarktes. Nachdem sie gefunden hatte, was sie wollte, ging sie durch den Park und über die mit frischem Schnee bedeckten Wiesen.

Auf einer Bank, die rückseitig durch einen Windschutz und einem Dach vor dem Schneefall geschützt war, saß ein älter wirkender Mann und las versunken in einer Zeitung.

Cheyenne setzte sich auf der gegenüberliegenden Wegseite auf eine andere Bank vis à vis und blätterte in der Jugendzeitschrift „BRAVO", die sie kurz zuvor im Supermarkt mitgenommen hatte. Für den Zeitungsleser hatte sie bisher nur einen kurzen Blick übrig. Wenige Minuten später nahm der Mann seine Sachen, stand auf und ging davon. Cheyenne las noch ihr Heft zu Ende und wollte gerade ebenfalls aufbrechen, da bemerkte sie, dass dem Mann seine Geldbörse auf der Bank lag, die er vermutlich versehentlich hatte liegen lassen oder die ihm unbemerkt aus der Hosentasche gerutscht ist.

Cheyenne schaute sich in alle Richtungen um, doch von dem Mann war längst nichts mehr zu sehen. Sie nahm die Geldbörse an sich, schaute hinein und fand einen Ausweis mit Adresse und Telefonnummer. Zudem sah sie darin einen namhaften Geldbetrag in größeren Scheinen. Die ihm Ausweis angegebene Straße war ihr bekannt, so beschloss Cheyenne spontan, dem Mann seine Geldbörse zu bringen. Ohne besondere Eile machte sich auf den Weg und steuerte der Wohnung des Verlierers zu. „Ob er den Verlust überhaupt schon bemerkt hat", stellte sie sich gedanklich die Frage. „Egal, der Senior wird sicher überrascht und froh sein, wenn ich ihm sein Eigentum bringe, und vielleicht rette ich ihm damit sogar sein monatliches Unterhaltsbudget."

Unterdessen suchten Jeremy und Michael noch einmal in Miras Zimmer nach irgendwelchen brauchbaren Hinweisen. „Vielleicht haben wir doch eine wichtige Spur übersehen; einen klitzekleinen Hinweis."

Sie waren gerade dabei ein Regal zu untersuchen, als das Telefon klingelte. Die Jungs schauten sich an und Michael sagte schließlich: „Okay, ich gehe schon ran." Eilig rannte er die Treppen hinunter und nahm den Hörer ab.

„Hier ist Michael bei Fuyumi, was? Mira du!" Beim Stichwort: „Mira" rannte Jeremy ebenfalls nach unten und Michael stellte das Telefon auf Lautsprecher „an", so dass Jeremy alles mithören konnte. Mira flüsterte kaum wahrnehmbar aber doch deutlich etwas von „Park, große Fichte und 25". Dann hörten sie Schreie von einer männlichen Person im Hintergrund und die Verbindung war schlagartig unterbrochen.

„Mira befindet sich in akuter Not, ich denke, wir sollten sofort in den Park gehen, immerhin war von ihm die Rede", meinte Michael, während er nachdenklich den Hörer auf die Gabel legte. „Na, dann mal los, ich habe meine Schuhe ja noch an", grinste Jeremy, während Michael mit verkrampftem Gesicht in seine viel zu schmalen Turnschuhe einstieg.

Kapitel 4

Cheyenne schaute sich um. Das Haus wirkte von außen sehr groß. In den Fenstern befanden sich Buntglasscheiben in Bleiverglasung, sogenannte Butzenscheiben, wie sie früher an Häusern von sehr reichen Leuten gängig waren und die auffallend schön anzusehen sind. Sie sah eine Kameralinse, drückte auf den hellblauen Klingelknopf und mit der linken Hand schwenkte sie die Geldbörse hin und her.

Die Tür öffnete sich relativ schnell und der alte Mann schaute sie mit großen Augen an. Dann erst bemerkte er die Geldbörse. Ein kurzes Lächeln wanderte über sein Gesicht: „Oh, ich hatte noch gar nicht bemerkt, dass ich meine Geldbörse verloren hatte. Wie schön, du hast sie gefunden und sehr nett von dir, dass du ehrlich bist und sie mir bringst. Das ist eine Belohnung wert. Komm doch rein auf eine Tasse Tee." Dabei deutete er mit einer Hand an, dass sie eintreten möge und nahm mit der anderen seine Geldbörse in Empfang.

Cheyenne hatte eigentlich keine große Lust auf Tee, dachte aber, dass es unhöflich wäre und der Mann vielleicht enttäuscht, wenn sie ablehnen würde und willigte ein.

Drinnen sah sie teure Gemälde an den Wänden und viele Fotos auf der Kommode, einem Sideboard und auf einem Beistelltisch. Die meisten Fotos zeigten einen Jungen, der fröhlich in die Kamera lachte. „Haben sie Kinder?" fragte Cheyenne. „Ich hatte einen Sohn, nur, der wurde mir genommen und erschossen", sagte der Mann mit versteinerter Miene, während er Tassen und Zucker auf den Tisch stellte. „Oh, das tut mir aber leid", und sie meinte es wirklich so wie sie es sagte.

Er wechselte schnell das Thema und ging in die Küche und setzte Wasser auf dem Herd auf.

Cheyenne schaute sich derweil in der Wohnung um. Es gab altmodische Möbel, die viel kleiner waren, als bei anderen Leuten. Sie sah auch einen Kamin mit loderndem Feuer im Raum. Die Möbel waren mit Zeichen versehen, die Cheyenne nicht kannte. Sie sahen wie Ausrufezeichen und Kommata aus, was darauf hindeutete, dass es sich um eine unbekannte Schrift handeln musste.

In der Ecke standen Schuhe, die der Mann im Park getragen hatte. Cheyenne überkam ein seltsames Gefühl, einen inneren Antrieb, war sich aber nicht ganz sicher. Leise schlich sie dorthin wo die Schuhe standen, hob einen an, betrachtete prüfend die Sohlen und erschrak.

Das erkannte Muster entsprach genau dem Abdruck im Schnee. Cheyenne gab einen leisen Seufzer von sich. Im nächsten Augenblick legte sich schon blitzschnell eine Hand mit einem Tuch auf ihren Mund und Nase, das sehr komisch roch. Innerhalb kurzer Zeit umhüllte sie Dunkel, sie war in Ohnmacht gefallen.

Jeremy und Michael waren inzwischen im Park angekommen und prüften die Umgebung, aber von einer großen Fichte war erstmals nichts zu sehen. Da gab es zwar Tannen, Eichen, Kastanien, aber keine Fichten, zumindest keine großen. Der Park war offensichtlich vor nicht allzu langer Zeit umgestaltet und neu angelegt worden. Dabei hat man viele Jungbäume gesetzt, die demzufolge noch relativ klein waren.

Jeremy und Michael schlenderten weiter sich aufmerksam umsehend den Kiesweg entlang. Plötzlich hielt Michael inne: „Sieh mal, dort steht doch eine hohe Fichte."

Tatsächlich da war eine Fichte, ganz nahe bei einzeln stehenden Häusern. „Da gehen wir doch mal da hin und schauen uns das näher an", entschied Jeremy. „Aber was hatte es mit der „25" auf sich?", Michael dachte nach, „ damit ist sicher ‚ne Hausnummer gemeint, wir werden ja sehen."

Eilig rannten sie hin zur Fichte und fanden dort tatsächlich auch ein Haus mit der Nummer 25 stehen. Jeremy fingerte sein Handy heraus und stellte fest: „O, nein, verdammt auch das noch, der Akku ist leer", während Michael bereits die schwere Gartentüre öffnete und die Klinke der Haustüre drückte. Sie war überraschend nicht verschlossen und ließ sich leicht öffnen. „Dann eben ohne Polizei; damit verschwand er im Haus. Jeremy hinter ihm her und flüsterte: „Dummkopf, das ist doch viel zu riskant. Wir wissen doch gar nicht was uns erwartet."

Kapitel 5

Als Cheyenne aus der Ohnmacht erwachte, fand sie sich an Händen und Füßen gefesselt. Immer noch hatte sie auch den unangenehmen Geruch in der Nase, der vom Chloroform kam. Sie musste angestrengt überlegen, was passiert ist und wusste nicht in welchem Raum sie sich gerade befand, aber eines wusste sie, dass sie in Gefahr ist. Leise flüsterte sie: „Mira, bist du hier? Ich kann nichts sehen."

Aus einer Ecke kam als Antwort ein undefinierbares Geräusch, ein gedämpftes: „Mm-Mmpf!" Sie schloss daraus, dass Mira geknebelt dort ist und kann nicht sprechen. In diesem Moment öffnete sich die Tür zum Nebenraum und überraschend kam Michael herein, einen Schritt hinter ihm Jeremy. Ungläubig starrte sie Cheyenne mit offenem Mund an. Allem Anschein nach waren sie auf beiden Seiten gleichermaßen überrascht. „Cheyenne? Was machst du denn hier?", quetschte Michael leise durch die Zähne hervor und Jeremy hinter ihm seufzte: „Oh, bin wohl ich im falschen Film."

Dann sahen sie im diffusen Licht auch Mira hinten in der Ecke sitzend. „Mira", stieß Michael spontan aus, ging hin und riss ihr sofort den Kleber vom Mund ab. Leider mit einem solchen Ruck, dass Mira vor Schmerz laut aufschrie und Michael böse anstarrte. „Wo ist der Entführer?", wollte derweil Michael wissen. „So eine blöde Frage. Hast du ihn etwa nicht ausgeschaltet?", meldete sich Mira zu Wort. Da trat der Mann durch die Tür ins Zimmer und hielt eine Pistole in der Hand: „Nein, hat er nicht. Ziemlich dumm von ihm, was?"

Er hielt Michael eine Pistole an den Hinterkopf. „Warum haben sie mich entführt?", wollte Mira von ihm wissen. „Dein Vater hat damals meinen Sohn erschossen." „Das ist nicht wahr. Er war eine Geisel und mein Vater hat an ihm vorbeigeschossen, er hat vorbeigeschossen, das ist aktenkundig, hören sie?"

„Er hat meinen Sohn erwischt und der ist an der Kugel gestorben." „Die Kugel hat deinen Sohn nur gestreift", Mira schien über den Fall sehr gut informiert zu sein. Das wunderte nicht, denn natürlich hatte der Vater zu Hause darüber gesprochen und einiges wurde auch aus den Medien bekannt. „Mein Sohn ist an der Kugel gestorben", erwiderte eigensinnig der Entführer. „Nein, nein, nicht an der Kugel." Nun wurde der Mann stocksauer. „An was ist denn sonst gestorben, an was wohl?" Mira nun etwas ruhiger und sagte gefasst, mit klarer Stimme und akzentuiert: „Ihr Sohn hatte schon lange Krebs, daran ist er gestorben." „Das ist nicht wahr." Anscheinend wusste der Vater das überhaupt nicht. „Dein Vater hat meinen Sohn ermordet. Jetzt ist die Zeit für meine Rache gekommen."

Der Entführer hob seine Waffe, zielte auf Michael und wollte abdrücken, doch Jeremy hatte sich, ohne dass der Mann es merkte, von hinten herangeschlichen und schlug ihm mit einer Bierflasche heftig auf den Hinterkopf. Der Mann fiel in sich zusammen wie ein nasser Sack. „Tja", meinte er mit breitem Grinsen: „Alkohol kann sehr ungesund sein."

In diesem Moment stürmten, verbunden mit einem lauten Knall und Gepolter mehrere Polizisten in Begleitung von Kommissar Fuyumi ins Haus und in den Raum. Blitzartig legte einer dem am Boden liegenden Entführer Handschellen an.

„He? Ich hab euch doch gar nich' gerufen", sagte Jeremy bass erstaunt. „Wisst ihr, ich habe da so eine komisches Gerät beim Telefon, das zeichnet alle Gespräche der letzten 24 Stunden auf", grinste Miras Vater. Da hörten wir auch das Gespräch beim Anruf von Mira und ihrem deutlichen Hinweis auf den Aufenthaltsort, eine hohe Fichte nebst Hausnummer. Der Rest war nur noch die übliche Routine."

„Kann mich bitte mal jemand losbinden?", monierte Cheyenne zwischendurch ungeduldig, denn Michael hatte zwar Mira sofort von ihren Fesseln befreit, aber niemand schien sich um Cheyenne kümmern zu wollen. „Nee, wir lassen dich lieber hier", scherzte Jeremy und tat so, als ob er sich zum Gehen anschickt. „Ja, ja, du bist sowas von einem Witzbold. Wer solche Freunde hat braucht keine Feinde mehr", giftete Ceyenne und lachte dann ebenfalls.

Oben: Haus im Park Unten: Alte hohe Bäume im Park

5

Zeit der Veränderung

Vorwort

Wir schreiben das Jahr 2030 und bevor ich eingeschult wurde, hatte ich immer große Hoffnungen auf die Schule gesetzt. Ich dachte es wäre der einfachste Weg um Freunde zu finden und war stolz, langsam „Erwachsen" zu werden. Tagelang bewegte mich kein anderes Thema mehr und ich versuchte voller Aufregung mich auf die Schule vorzubereiten.
Meine Mutter sagte stets zu mir: „Du solltest dir eine gute Ausgangsbasis schaffen, denn die Schule wird dein Leben abrupt und nachhaltig verändern." Damit schien sie wohl Recht gehabt zu haben, denn die Schule veränderte mein Leben, allerdings auf eine Art und Weise, die sich völlig von der unterschied, wie ich sie ursprünglich vor Augen hatte.

5.1 Zukunftswünsche

Graue Regenwolken kündigten bereits am frühen Morgen den unwillkommenen trüben Tag an. Schaute man aus dem Fenster, sah man zuerst nur das morgendliche Grau des nur anbrechenden Morgens. In der Ferne leuchteten noch schwach die Lichter der Straßenlaternen. Ich sah auf die unbelebte Straße hinaus und lauschte den wenigen Autos, die weit entfernt in Richtung Schnellstraße fuhren. Alles war still, die Welt schien noch zu schlafen. Das betrübte meine Sinne, ich wendete mich ab, schaute weg und betrachtete versonnen die Tasse in meinen Händen, in der sich die letzten Spuren des gerade getrunkenen Kakaos vom Frühstück befanden.

Nachdem ich ein paar Minuten so harrend verweilte, kam es mir in den Sinn, dass ich eigentlich auf die Zeit achten sollte. Schnell verstaute ich die Tasse in der Spülmaschine. Heute durfte ich mich keinesfalls verspäten, denn in der ersten Stunde stand eine wichtige Mathematikarbeit auf dem Stundenplan. Noch eine weitere schlechte Note durfte ich mir keinesfalls leisten. Meine Mutter saß mir noch wegen den zuletzt geschriebenen Fünf im Genick.

Seit ein paar Minuten hatte es unnötigerweise auch noch angefangen leicht zu regnen, deswegen nahm ich heute das Fahrrad für den Weg zur Schule. Bei meinem modernen und bequemen Lanceboard würden mir mangels Verdeck und Schutz Wind und Regen sehr zusetzen. Mein Fahrrad hatte einen Regenschutz, auch wenn das alte Vehikel bereits ein wenig angerostet war und man ihm den jahrelangen Gebrauch deutlich anmerkte.

Während der Fahrt merkte ich aber, dass ich wohl der einzige Schüler bin, der wegen ein bisschen bewegter Luft und Feuchtigkeit sein bequemes Board gegen ein anderes, gegen ein veraltetes, ja geradezu altmodisches Gerät auswechseltet hatte.

Manche Mitschüler schauten entweder bass erstaunt oder mitleidig lächelnd, wobei sie nur knapp einen Meter überm Boden mich passierten oder besser schwebten. Höher konnten sie wegen den Windverhältnissen auch nicht steigen. Um nicht nass zu werden, hielten die meisten zudem einen Regenschirm in ihrer freien Hand und umklammerten mit der anderen Hand die Bremskupplung, was gelinde gesagt, ein wenig lächerlich wirkte.

Im Wirrwarr surrender Lanceboards konnte ich kaum noch die Straße erkennen und bog deswegen in eine der ruhigeren Nebenstraßen ein. Diese teilte sich kurz darauf, doch als ich an der Gabelung in die Straße nach links einschlug, bemerkte ich voraus eine fünfköpfige Clique, die an einer der Hauswände auffällig herum lungerte. Sofort fiel mir auf, dass mit dem Austausch von diversen Tütchen beschäftigt waren.

Ich kannte das bereits gut genug und wusste, dass es spezielle Pillen sind, die sie untereinander tauschten, genauer gesagt: „Pillen, welche die Sinne aufs enormste schärften und dazu eine Menge Glückshormone ausschütteten."

Der Anführer der Clique – oder der, der sich dafür hielt – ging schon vor Jahren als schlechtes Vorbild in die Historie meiner Schule ein. Er war meines Wissens sogar einer der Wenigen, die von der Schule geflogen sind. Kurz darauf schlossen sich ihm zwei weitere Jungs an und danach auch noch zwei Mädchen, auf die er einen sehr negativen Einfluss ausgeübt hatte.

Diese fünf gewaltbereiten unangenehmen Typen verbrachten nun hauptsächlich ihre Zeit größtenteils High, und waren deshalb weder im Umfeld der Schule noch in der Stadt nicht gerne gesehen. Nicht wenige Eltern wurden nicht müde, eindringlich ihre Kinder vor diesem Quintett zu warnen. Mit ist leider nicht bekannt, wer ihnen das Zeugs, die Pillen verschafft – sie wurden bereits vor längerer Zeit sogar verboten, weil sich bei vielen Personen Lähmungserscheinungen und andere üble Nebenwirkungen zeigten. Ursprünglich wurden diese Pillen für Firmen und Betriebe entwickelt. Dort versprach man sich davon ein schnelleres, konzentrierteres Arbeiten, gelichzeitig verbunden mit einem verbesserten Betriebsklima.

Beim Anblick dieser Clique versuchte schnell mein Rad zu wenden und zurück in vorher passierte Straße zu fahren, doch sie hatten mich bereits ausgemacht. Eine Flucht schien mir deshalb sinnlos, denn mit ihren Lanceboards wären sie dreimal so schnell gewesen als ich.

„Hey Miljan, was has'en du denn da für ein antiquiertes Gefährt? Is' ja richtig peinlich mit sowas rumzufahren", rief mir einer der Großmäuler zu. Die Mädchen fingen sofort an zu kichern, weswegen der Halbstarke, der mich angesprochen hatte, seine strohblonden, fettig-strähnigen Haare selbstsicher aus dem Gesicht strich und ein paar Schritte auf mich zubewegte. Der Zweite der Burschen war etwas kleiner als sein Anführer und auch wesentlich dünner, trotzdem nicht weniger selbstbewusst und affektiert.

„Das geht euch nichts an", presste ich halblaut zwischen den Zähnen hervor, weil mir nichts Besseres einfiel. Darauf wendete der Blondhaarige, seine Arme demonstrativ verschränkt, spottend an seinen „Anführer" gewandt und sage in bewusst hochnäsigem Ton: „Für diese Unfreundlichkeit hat er glatt 'ne kleine Abtreibung verdient, nich' wahr, Alan?"

„Schon gut Pepe, mir ist grad' was Besseres eingefallen", antwortete er und kam drohend auf mich zu. Pepe und der andere Bursche drückten mich an die Hauswand und hielten mich fest, während Alan breit grinsend eine kleine Pille aus einer bunten Schachtel herausklaubte und sie gegen die aufgehende Sonne hielt, wie wenn er sie auf eine Tauglichkeit prüfen wollte.

„Weißt du was das ist?"

Ich wollte mit „Ja" antworten, bemerkte dann aber gleich, dass diese Pille, die Alan mir direkt vor das Gesicht hielt, keine der üblichen und mir bekannten Glückspillen war. Sie schien mir sichtbar größer und hatte eine seltsame orangene Farbe, was nichts Gutes signalisierte.

„Du hast keine Ahnung, stimmt's? Na dann, schauen wir mal, ob du es nicht bald selber herausfindest." Er schlug mir blitzschnell in den Bauch, sodass ich ungewollt den Mund öffnete und nach Luft schnappte. Mit einer Leichtigkeit, die man dem plumpen „Socken" nicht zugetraut hätte, schob Alan mir die Pille in den Mund und klappte ihn mir mit einem Schlag mit der Hand ans Kinn gleich wieder zu, während er mir mit der anderen Hand gleichzeitig die Nase zuhielt. Unter dieser Voraussetzung konnte ich mich nur zwischen ersticken und schlucken der Pille entscheiden. Daher wählte ich zwangsläufig Letzteres.

Weil diese verdammte Pille mir auch noch unangenehm im Hals kratzte, bekam ich einen fürchterlichen Hustenanfall. Die zwei Halbstarken, welche mich immer noch festhielten, ließen mich plötzlich los und verschwanden mit Alan und den beiden albern kichernden Mädchen eilig um die Ecke. Immer noch hustend und würgend sank ich zu Boden und versuchte die Pille loszuwerden, was mir nicht gelang. Angst stieg in mir hoch – welche unangenehmen Auswirkungen wird die mir zwangsweise zugeführte Pille haben, was würde geschehen? Fragen, auf die ich keine Antwort wusste, mich aber mit Angst erfüllte.

Nach einer Weile erhob ich mich und griff nach meinem Fahrrad. Irgendetwas schien defekt zu sein, das Vorderrad ließ sich nicht mehr richtig bewegen. Zum Glück war die Schule in der Nähe, somit konnte ich das Fahrrad dorthin schieben. Das war keine große Sache.

Beim Fahrradständer angelangt, wurde mir schlagartig bewusst: „Oh, oh, ich habe durch den ärgerlichen Vorfall sehr viel Zeit verloren und bin wieder zu spät." Ich war vermutlich der einzige Schüler der sich noch nicht im Klassenzimmer befand. „Moment", dachte ich beim Blick auf die Uhr, „es ist erst ein Viertel der ersten Stunde vorüber. Doch was steht in der ersten Stunde auf dem Plan? Ach, verdammt, natürlich diese Mathe", fluchte ich, und ein kalter Schauer lief mir den Rücken herunter. So schnell ich konnte stolperte ich die Treppen hoch und platzte mitten in die 6 A hinein, meine mucksmäuschenstille Klasse, die eifrig beim Lösen der Mathearbeit saß.

„Ich hätte mich doch nun wirklich gewundert, wenn du rechtzeitig zum Stundenbeginn und zur Prüfung gekommen wärst", giftete Karl Oberwelten, der gestrenge Mathematiklehrer, im auffallend freundlichen Ton. Doch ich wusste, dass diese Ansage nicht wirklich freundlich gemeint war. Dazu kannte ich ihn zu gut. Ohne Emotionen zu zeigen, drückte mir nüchtern das Prüfungsblatt in die Hand und schaute prüfend zur Wanduhr. „Eine halbe Stunde Zeit hast du ja noch, beeil dich also besser."

Mit bleischweren Beinen bewegte ich mich hin und setzte ich mich auf meinen Platz, wo ich das ausgehändigte Aufgabenblatt diagonal durchlas. Die verfluchte Mathematik war mein schlechtestes Fach und ich hatte leider keine Ahnung, was ich mit den mir völlig unverständlichen Aufgaben überhaupt anfangen sollte – oder anders gesagt, ich sah keine Lösungsansatz. Notgedrungen widmete ich mich den leichteren Bruchrechnungen, die ich glücklich löste und noch aufs Papier brachte. Dann wollte ich mich als Nächstes an den Textaufgaben versuchen, doch da läutete schon die Schulglocke, die Stunde war vorüber.

„Sofort alle Arbeiten abgeben", rief Herr Oberwelten energisch in die Klasse, und auf meinen irritierten Blick nahm er mich direkt ins Visier und befahl streng: „Du auch, Miljan, sofort, hast du verstanden?" Still murrend schrieb ich meinen Namen aufs Blatt und schlurfte damit betont langsam hin zum Lehrer, um es ihm demonstrativ auf den Tisch zu legen – oder eigentlich mehr als Zeichen meines Missmutes ihm hinzuklatschen. Diese demonstrative Handlung war mehr ein befriedigender Vulkanausbruch für mich, denn jeglicher Protest war bei diesem Lehrer im Grunde sowieso vergebens.

Zurück an meinem Platz richtete sich mein Blick auf das Pult vorn im Schulzimmer. Der bewusste Platz, den ich im Visier hatte, sah ich leer. Dort lagen nicht die Hefte von Ayana ordentlich sortiert auf der linken Seite, wie sie es üblicherweise penibel handhabte, was mich aufs Äußerste beunruhigte. „Ist Ayana heute nicht gekommen?", fragte ich besorgt ihren Banknachbarn Devin.

Devin schaute kurz von seinem Geschreibsel im Mathematikbuch auf und beäugte mich streng, bevor er schnippisch Antwort gab: „Ayana ist krank, sie soll sich erkältet haben." Damit wendete sich Devin schon wieder seinem Heft zu. Wie die meisten in der Klasse, sah er es nicht gern, dass Ayana, das beliebteste Mädchen in der Klasse, mit mir, dem unbeliebtesten Schüler der ganzen Schule befreundet war. Ehrlich gesagt, ich konnte es genauso wenig verstehen.

Pünktlich zur nächsten Stunde betrat als nächstes die Deutschlehrerin das Zimmer. Netterweise hatte sie das Fach Zukunftsvorbereitungen übernommen. Als Variante wäre sonst nur der Französischlehrer Monsieur Muller in Frage gekommen, der bestimmt und mit Hingabe den Unterricht in gestelzter französischer Sprache zelebriert hätte.

„Wir wollen uns heute mit euren Zukunftswünschen beschäftigen", begann sie vielsagend. „Wie ihr alle wisst, müsst ihr euch in einem Jahr dem „T.B.T.B." unterziehen, einem „Test zur Bestimmung des Traum-Berufes." Dieser Test wurde noch vor dem Jahr 2027 in der Schweiz verbindlich eingeführt. Es wird euch bestimmt sicher amüsieren, euren zukünftigen Traumberuf mit den heutigen Vorstellungen zu vergleichen", verkündete die Lehrerin vielsagend und lies ein Fragebogen austeilen. Schon bei der ersten Frage kam ich ins Rotieren.

„Welche Zukunftswünsche haben Sie?"

Vielleicht bessere Noten; doch dieser Wunschtraum war damit sicher nicht gemeint. Ich hatte allerdings dummerweise keine besonderen Zukunftswünsche und außerdem nicht die geringste Ahnung, was ich beruflich einmal machen will.

Nach dem Unterricht rief mich meine Deutschlehrerin zur Seite und riet mir, mich mit der Berufswahl früh genug und ernsthaft auseinanderzusetzen. Zwei Mädchen aus meiner Klasse, die zufällig vorbei kamen, fingen leise an zu tuscheln. Allerdings waren sie laut genug, sodass ich das Wort „Straßenkehrer" wohl noch verstehen konnte.

Der restliche Tag streckte sich wie gewohnt sehr in die Länge und da Ayana nicht schützend an meiner Seite stand, musste ich noch einige Gemeinheiten der Mädchen und Jungen aus meiner und anderen Klassen erleiden. Umso erleichterter war ich, als ich mein Fahrrad wieder zum Laufen gebracht hatte, losfahren und um die nächste Ecke biegen konnte, einfach weit weg von dieser Bagage und dem unangenehmen Ort, der sich Schule nannte. „Man sollte sie besser in Mobbinganstalt umbenennen", dachte ich laut. Da wir die übertragenen Schulaufgaben schon in der Schule hatten erledigen können, musste ich mich zum Glück nicht auch noch zu Hause nach dem Unterricht mit so profanen Dingen wie Lernen beschäftigen.

Schon beim Betreten unseres Hauses hörte ich aufgeregtes Geschrei und darauf folgend Klirren von zerbrochenem Geschirr. Hat da meine Mutter etwas Zerbrechliches nach meinem Vater geschmissen, wie sie es schon manchmal tat, wenn sie wütend auf ihn war? Meine Eltern schienen sich mal wieder wie schon so oft – zu oft – heftig zu streiten. Ich war es gewöhnt und kümmerte mich nicht weiter darum. Stattdessen folgte ich meinem Vater ins Wohnzimmer, der sich den Attacken seiner Frau entzog und die Küche verlassen hatte. Dort ließ ich mich auf die Couch fallen und streckte die Füße von mir.

Auf unserem „TechZ-26" – dem Technischen Zentrum 26 – lief im Hintergrund leise gerade die neueste Ausgabe der Tagesschau. Das 2026 gekaufte Wundergerät „TechZ", vereinte Telefon, Internet, Computer und weitere Kommunikationsmittel einschließlich digitalem Fernseher alles in einem. Zudem stand es uns häufig mit gut gemeintem Rat zur Seite, was allerdings meistens unnötig war und dazu manchmal total nervig. Um jegliche unangenehmen Gespräche mit meinem Vater zu vermeiden, versuchte ich mich auf die Tagesschau zu konzentrieren, doch so einfach ging es nicht, er ließ sich nicht abwimmeln.

„Wie erging es dir heute in der Schule?" kam er sofort und ohne Umschweife auf den Punkt. „Er kann es nicht lassen, den Finger in meine Wunden zu legen", dachte ich angesäuert. Nebenbei durchforstete ich mein Gehirn und suchte nach einer passenden Antwort – oder besser gesagt: „Ausrede", die ihn gar nicht erst auf die Idee brachte, sich nach dem Mathematiktest zu erkundigen.

„Ayana war heute krank", brachte ich heraus und versuchte das leidige Thema zu wechseln. Einen kurzen Moment konzentrierten wir uns beide auf den im Fernseher laufenden Bericht über die neue politische Wendung im Land. „Oh ja, dann richte ihr gute Besserung aus."

In der Tagesschau war nun von dem Ausbruch eines gefährlichen Gefangenen die Rede. Das Gefängnis, aus dem der verurteilte Verbrecher entwichen ist, befand sich ganz in unserer Nähe.

„Wie lief denn der Matte-Test?", wollte der Vater nun von seinem Sohn wissen und erwartete eine klare Antwort.

Damit waren wir bei dem Unvermeidlichen und es schien, der Vater wollte mich also doch noch an diesem unseligen Tage restlos fertigmachen, wo ich doch heute schon so viel hatte erdulden müssen. „Wie Büffelherden sind meine ungeliebten Zeitgenommen auf meinen Gefühlen und in meiner sensiblen Seele herumgetrampelt", erging sich Miljan gedanklich in Selbstmitleid.

„Ach ja, das hätte ich fast vergessen zu erwähnen", murmelte ich zerknirscht auf die Frage meines Vaters, „der Test lief nicht so wie erhofft." Aus den Augenwinkeln heraus beobachtete ich wie er sich nach mir umdrehte und streng musterte. „Soll heißen, mein Sohn?"

„Wahrscheinlich wieder eine Vier oder gar eine Fünf."

Der noch nicht abgeklungene Zorn des Streites mit seiner Frau stieg in ihm wieder hoch und dazu das, was er hören musste, jedoch nicht hören wollte. Eine wahre Schimpftirade brach über mich herein. Beleidigt verzog ich mich in mein Zimmer zurück und nahm mir vor, mich den Rest des Abends nicht mehr blicken zu lassen.

„Dammi nochmal, es ist immer die gleiche Situation. Ich bin doch ein arger elendiger Feigling", klagte ich mich selber an, „wird es hart, verkrieche ich mich irgendwo, statt mich gegen das erlittene Unrecht zu wehren und auch einmal vehement Kontra zu geben."

5.2 Wassertropfen

In dieser Nacht fand ich keine Ruhe, stundenlang wälzte ich mich im Bett von einer Seite zur anderen und mein Puls ging hoch. Zuerst befürchtete ich, das kommt von der Pille, die mich am Schlafen hindere, doch allmählich bekam ich das Gefühl, dass Alan mich nur auf den Arm genommen hatte. Es war mein Schuldgefühl, die ständig um dasselbe kreisenden Gedanken, das mich nicht zur Ruhe kommen ließen.

Erschöpft stand ich am Morgen auf, packte meine Sachen zusammen und trat vor die Tür. Trotz der frühen Stunde erwies sich die im Osten aufgehende Sonne schon kraftvoll und allein bei deren Anblick ging es mir schon besser. Heute musste ich nicht wieder mit meinem alten, rostigen Fahrrad vorlieb nehmen und holte stattdessen mein flottes Lanceboard aus der Garage.

Dieses längliche, gelbgoldene Schwebeboard war ein Geschenk meines Großvaters und ist seither mein ganzer Stolz. Einem Anfänger fällt es zuerst zwar schwer die Balance zu halten, doch damit durch die Luft zu sausen und dem Wind zu trotzen, das ist ein unbeschreiblich herrlich befreiendes Gefühl. Die hochgewirbelten Blätter kreisten als würden sie um mich herumtanzen. Das Beste war jedoch höher zu schweben, was dem Gefühl zu fliegen nahekommt. Da musste ich nicht auf bodennahe Hindernisse achten und konnte mit höherer Geschwindigkeit durch die Lüfte jedem gewünschten Ziele entgegen sausen.

Ayana stand an diesem Morgen bereits nahe der kürzlich renovierten Turnhalle, als ich rasant mit dem Lanceboard um die Ecke bog. Ich war in diesem Augenblick nur noch ein paar Zentimeter über dem Boden und konnte deshalb mühelos abspringen. „Hey, meine Holde, du hast mich gestern glatt im Stich gelassen."

Ayana warf mädchenhaft schnippisch ihre pechschwarze Mähne über die Schultern: „Du hast leicht reden, meine Eltern haben mich gezwungen, den gesamten Stoff der letzten Wochen nachzulernen. Und das zusätzlich zu den anderen Aufgaben, die eh schon viel Zeit in Anspruch nehmen, wie du weißt." Unter uns gesagt, sie war um diese Tageszeit nie bei guter Laune, eher ein richtiger Morgenmuffel. Das war nun aber nebensächlich.

Gemeinsam überquerten wir das Schulhofgelände, während ich Ayana wie gewohnt einen Zettel mit den Testfragen zusteckte, zumindest mit denen, die ich noch im Gedächtnis abrufbar hatte.

Auf halbem Wege kam uns ein halbes Dutzend aufgeregt kreischender Mädchen entgegen, wobei die sich alle Mühe machten, mich zu ignorieren. Bei Ayana setzten sie allesamt eine geheimnisvolle Miene auf und erzählten, dass scheinbar in der letzten Nacht in der Schule eingebrochen worden war. „Es wurde jedoch offensichtlich nichts gestohlen oder zerstört. Die Polizei meinte, der Dieb hätte freie Bahn auf jegliche Wertsachen in der Schule gehabt und es sei ein Rätsel, warum eigentlich eingebrochen worden ist. Man vermutet, der Täter hat sich irgendwo verschanzt und wartet nur darauf, jemanden umbringen zu können."

„Totaler Blödsinn", murmelte ich, worauf sich das Gekicher sofort legte und die Mädchenschar mich mit großen Augen anschaute. Die Rothaarige, das Ayana soeben diese Geschichte erzählt hatte, plusterte sich nun vor mir auf und giftete:

„Nach deiner Meinung hat hier ja wohl niemand gefragt, oder? Und weist du was, es interessiert auch niemand, was du denkst und meinst." Sie ging dabei einen Schritt auf mich zu, was einschüchternd wirken sollte; tat es aber nicht. Doch Ayana legte der Rothaarigen sofort eine Hand auf die Schulter und versuchte, sie zu besänftigen. „Ist gut, er hat es verstanden, Shalyn."

Shalyn biss sich auf die Unterlippe und musterte Ayana in einer Art, als ob diese etwas total Hirnrissiges gesagt hätte. Ein paar Sekunden verstrichen, ehe Shalyn auf dem Absatz kehrt machte und erhobenen Hauptes, dicht gefolgt von ihren Freundinnen in Richtung Turnhalle davonschwebte.

„Bei ihr solltest du aufpassen, Miljan, sie ist leicht reizbar und kann dann zur Furie werden", flüsterte Ayana, so dass es Shalyn nicht mehr hören konnte. „Eine dumme Zicke ist sie", antworte ich mit gequälter Miene, aber lächelnd, sodass mein Urteil sich nicht so hart anhören sollte.

Wir verschanzten uns hinter einem Pavillon, so dass uns die Lehrer nicht sehen konnten, und Ayana schrieb die Antworten zu den Testfragen auf einen Zettel, den sie in ihrem Prüfungsheft verstecken würde. Durch das aufwändige Suchen der Lösungen verloren wir viel Zeit und kamen etwas verspätet zum Unterricht. Wie es der Zufall so wollte, war in der ersten Stunde an diesem Tag wieder Mathematik an der Reihe, so dass wir uns auf ein gehöriges Donnerwetter des „beliebten" Herrn Oberwelten einstellen durften.

Doch beim Betreten des Schulzimmers sahen wir wider Erwarten den Lehrerplatz leer. Sehr ungewöhnlich für einen strengen und konservativen Lehrer, der stets schon eine Stunde vor Schulbeginn im Klassenraum anwesend war und sich auf seinen Unterricht vorbereitete. Doch mir sollte es so wie es ist Recht sein.

Ich nahm auf meinen Stuhl Platz und Ayana auf dem Pult, sehr zum Missfallen Devins und ihrer anderen Klassenkameraden.

In dem Moment als Ayana Devin darauf ansprach, ob sie wisse wo denn der Mathelehrer sei, betrat dieser mit polternden Schritten und sichtlich aufgelöst das Klassenzimmer. „Setzen", brüllte er. Mir schien, seine Laune ist heute noch schlechter wie sonst.

Alle in der Klasse gehorchten ihm aufs Wort und blitzartig war jeder in der Klasse auf seinem Stuhl niedergesunken. Ich machte mich so klein und unscheinbar wie möglich und hoffte, dass mich der von mir gehasste Lehrer diesmal übersah, egal was er als nächstes vorhatte. Doch ehe er mit seinem Unterricht beginnen konnte, schoss eine Hand in die Höhe. Alva, ein kleines, zickiges Mädchen mit einer braun-roter Kurzhaarfrisur, verkündete lautstark in die Runde: „Miljan ist heute schon wieder zu spät zum Unterricht erschienen." Darauf bejahten alle diese Meldung, erwähnten jedoch mit keinem Wort, dass Ayana sich mit mir zusammen auch verspätet hatte. Ich spürte, wie mir eine Mischung aus Blässe und Zornesröte ins Gesicht stieg. „Diese mickrige Bande, die dümmlichen, hirnlosen Kreaturen sind eine echte Plage", schoss es mir durch den Kopf und vor aufkommendem Ärger ging mir der Puls hoch und ich verspürte, wie mein Blut an den Schläfen klopfte und pulsierte.

Herr Oberwelten schaute kurz auf und fixierte mich prüfend – Scham oder Ärger in meinem Gesichtsausdruck vermutend – und bestellte mich nach der Schule in sein Büro. Damit beendete er das leidige Thema ohne weiteren Kommentar. Doch von diesem Moment an hasste ich diese Klasse noch eine Spur mehr als vorher schon.

Der Lehrer wand sich ab und schrieb eine Aufgabe an die Tafel. Es war jedoch nicht zu erwarten, dass die Schüler sie würden lösen können. Das war seine Art, sich an den Schülern zu rächen oder seinen Unmut auszudrücke. Er wusste nur zu gut, dass er am längeren Hebel saß und das kostete er aus, ließ es uns immer und immer wieder spüren.

Zum Glück hatte er mich nur einmal nach vorn an die Tafel gerufen, was ihm aber nicht brachte. Nach wenigen Minuten gab er auf, denn ich weigerte mich diese Aufgabe zu lösen und ging unter höhnendem Gelächter an meinen Platz zurück. Zur Strafe für ihr unkameradschaftliches petzen war heute Alva an der Reihe und musste nach mir an die Tafel. Es dauerte auch nur kurze Zeit, dann wurde sie wieder zurück an ihren Platz geschickt. Sie fand ebenso wenig die geringste Spur für einen Lösungsansatz. Ärgerlich begann nun Herr Oberwelten uns einen langen Vortrag darüber zu halten, was für eine hundsmiserable Mathematikklasse wir doch sind.

Dieser Strafpredigt wurde jäh durch das ausschießendes Wasser am Wasserhahn unterbrochen. Es ergoss sich ein massiver Wasserschwall heraus und spritze bis ins Klassenzimmer.

Der Vorfall löste Überraschung aus, tuscheln begann und alle starrten auf den Wasserhahn, der wie durch Geisterhand aufgedreht, fließende Wasser von sich gab. Schnell fasste sich unser Lehrer, ging schnurstracks und sichtbar nachdenklich zum Wasserhahn und drehte ihn zu. Sich am Kopfe kratzend eilte er zurück vor die Klasse, um seine Rede fortzuführen. Just in diesem Moment begann der Wasserhahn erneut zu gluckern und ein weiterer Schwall Wasser ergoss sich daraus.

Ein paar Schüler konnten jetzt das Kichern nun nicht mehr unterdrücken. Auch ich fand das unerklärliche Schauspiel spaßig, sowie wie sich unser verhasster Lehrer vergebens darum bemühte, wieder eine normale Miene aufzusetzen, während er erneut den Wasserhahn zudrehte. Wie sich jeder denken konnte, war das keineswegs die letzte Unterbrechung der Schulstunde gewesen. Sie endete sogar ziemlich ungewöhnlich, weil Herr Oberwelten völlig die Contenance verlor und voller Zorn den Hahn anschrie, anscheinend in der Überzeugung, der würde ihm wie seine Schüler sofort gehorchen.

Für meine Klassenkameraden – mich eingeschlossen – war das Schauspiel ein einziges, lustiges Spektakel, doch dann dachte ich ein weiter. Die Vorstellung, dass ein Wasserhahn von alleine auf- und zuging, selbst entschied, ob, wieviel und wann er Wasser von sich gab, kam mir doch höchst seltsam vor. Waren hier Geister am Werk? Anscheinend war ich jedoch der einzige, der sich gedanklich überhaupt mit diesem Phänomen beschäftigte. Da ich keine Antwort fand, ließ ich das Thema fallen – genauso wie Herr Oberwelten, der das mal fließende Wasser, mal nicht, nun versuchte gekonnt zu ignorieren – und ich widmete mich wieder realeren Dingen zu.

Der Morgen verlief durch die unerklärliche Wasserhahneinlage ungewohnt schnell und endete damit, dass der Rektor ins Zimmer spürte, wissen wollte, was da vor sich geht und hat sich über den auffallend überhöhten Wasserverlust beschwert. Eine digitale Anzeige auf dem Bildschirm in seinem Büro, der ihn immer aktuell über alle Verbräuche in der Schulanstalt informiert, zeigte deutlich rot an.

Der Tag hielt für mich jedoch noch weitere Überraschungen. Als wir uns im Aufgabenraum versammelten, setzte sich Niklas, einer meiner ärgsten Feinde – und lästig wie eine Zecke – demonstrativ neben mich. Als ich nach eineinhalb Stunden ununterbrochener und konzentrierter Arbeit endlich fertig war und gehen wollte, goss er „versehentlich" Farbe, über meine mühsam gelösten und erledigten Hausaufgaben. Mir blieb nichts anderes übrig, ich musste eine weitere Stunden in der Schule verbringen, um alles neu ins Reine zu bringen. Ich will gar nicht wiedergeben, welche Rachegedanken ich hegte und welche schmerzhaften Strafen ich dem widerwärtigen Verursacher zugedacht habe; ihm seine Haut in Streifen schneiden, war noch das Mildeste.

Zu meinem Glück wiederholte sich das in den nächsten Tagen nicht nochmal und die Zeit verging gefühlt viel schneller. Die weiteren Wochen zeigten sich im allgemeinen Tempo und der bilderbuchschöne Herbst mit farbenprächtiger Laubfärbung wechselte langsam aber unaufhaltsam in den beginnenden Winter. Die plötzliche einsetzende Kälte mit Schneefall, der eine dünne Schneeschicht hinterließ, wie Pulver über Häuser und Straßen gelegt, bemerkte ich bewusst erst nach einer Erkältung, die mich urplötzlich angefallen hat, so sehr war ich bis dahin alle Tage im stressigen Schulleben versunken.

Meine Eltern hatten mich zur Rede gestellt und mir angedroht, sie würden mein Lanceboard in den Keller wegsperren, falls sich meine Noten nicht deutlich verbessern. Währenddessen schüttelte Ayana über meinen plötzlichen Lerneifer nur den Kopf. Ich aber vergaß um mich herum alles, so konzentriert bemühte ich mich, schleunigst das Wissensdefizit auszugleichen. Ich begann mich sogar unbewusst von ihr zu distanzieren und kümmerte mich einzig und allein um meine Noten, statt um meine einzige und so wichtige Freundin.

Mein intensives Lernen brachte mir wiederum einen neuen Titel in der Klasse ein und ich wurde noch unbeliebter denn je. Selbst Ayana schien nervöser in meiner Gegenwart zu sein und ich bemerkte, dass sie die Pausen immer öfter in der Shalyn-Clique verbrachte. Wütend darüber, dass sich meine „beste Freundin" scheinbar über ihren „Streber-Freund" Miljan schämte, ignorierte ich sie, was zur Folge hatte, ich wurde noch mehr isoliert und ausgegrenzt.

5.3 Hetzjagden

Der Geruch von frischgebackenen Plätzchen drang hoch bis in mein Zimmer, umschmeichelte meine Nase und ich wurde wach. Wie kurz vor Weihnachten in jedem Jahr arbeitete meine Mutter schon früh am Tag, um mich und meine Schwester am Fest mit feinem und von uns geliebtem Weihnachtsgebäck zu überraschen. Siedend heiß fiel mir ein, in zwei Tagen beginnt ja schon Weihnachten und ich freute mich, dass damit für dieses Jahr die Schule beendet sein wird und endlich die Ferien beginnen. Beim Verlassen des Zimmers und Eintritt in den Flur kam mir meine Mutter schon entgegen. In der rechten Hand hielt sie eine Tüte, die sie mir entgegenhielt.

„Kannst du das Ayana mitnehmen?, ich weiß, das Mädchen mag mein Gebäck doch so gerne." „Nee, kann ich nicht, wir haben gegenwärtig keinen Kontakt", antwortete ich kurz angebunden und wandte mich ab.

Sie schaute mich erst mit einer Mischung aus Verblüffung und dann Mitleid hinterher und sagte: „Du kannst ihr es ja trotzdem bringen und geben, vielleicht nimmt sie es von mir an, denn ich habe ja keinen Knatsch mit ihr."

Sie stellte vorsorglich die verführerisch duftende Tüte in meinem Zimmer auf den Schreibtisch, so dass es beim Betreten des Zimmers jedem sofort ins Auge fallen musste. Ich nahm es zur Kenntnis und verließ den Raum, um mich anzuziehen und ausgehfertig zu machen.

Beim Betreten der Schule wirkte alles wie ausgestorben. Wo normalerweise Mädchen und Jungen in kleinen und größeren Gruppen beisammen standen, auf Freunde warteten, angeregt diskutierten oder für sich noch kurz in diverse Schulunterlagen schauten, hielt sich heute niemand auf, keine einzige Person. Das war eigenartig oder im Grunde höchst ungewöhnlich. Wo sonst lärmende Jungs herumtollten, herrschte heute ungewohnte Stille.

Doch ich sah, dutzende Lanceboards standen am vorgesehenen Platz, demnach konnte wohl keine Epidemie ausgebrochen sein. Aus der Richtung des Springbrunnens, wohin ich mich nun hinwandte, vernahm ich plötzlich aufgeregtes Stimmengewirr, das – wie ich schnell feststellte – durch eine große Gruppe an Mitschüler verursacht wurde. Sie standen dicht beisammen, mir den Rücken zugewandt und sie schienen sich aufgeregt über etwas zu unterhalten, das sie vor sich auf dem Boden sahen.

Ich näherte mich und versuchte neugierig einen Blick durch die Schülermenge zu erhaschen, wollte sehen, was denn da los ist. Gegen die dicht an dicht stehenden neugierigen Schüler kam ich nicht an, ohne mich unangenehm auffallend dazwischen zu drängen. Bei allem Bemühen wurde ich immer wieder nach zurückgedrängt. Nachdem ich zum wiederholten Mal weggeschubst worden war, wurde ich ärgerlich, fluchte lautstark und bekam prompt von meinem hochgeschätzten Mathelehrer, der dummerweise ebenfalls in der Nähe stand, eine Strafe wegen ungebührlichen Verhaltens aufgebrummt.

Ein Krankenwagen mit Blaulicht und Sirenengeheul kam angefahren, hielt und kurze Kommandos folgten. Die eigentliche Ursache der Aufgeregtheit und des Durcheinanders legten die Sanitäter auf eine Krankenliege, fixiert sie und schon wurde sie in den Wagen geschoben. Vermutlich setzte im Wagen schon die medizinische Erstversorgung ein, was sich aber meinem Auge entzog. Was kann da wohl passiert sein? Vor Ort bekam ich von den anderen keine befriedigende Antwort oder vernahm nur dumme und unpassende Bemerkungen.

Kurzum verließ ich den Ort und ging in Gedanken versunken die Treppe nach oben, wo ich mich ins Klassenzimmer bemühte. Nach und nach kamen immer mehr Schüler und man konnte dabei die Unruhe, die sich im Raum fortsetzte, körperlich fühlen, wenn man dafür ein feines Gespür hatte. Meine Mitschülerinnen und Klassenkameraden saßen wild diskutierend in Grüppchen beisammen. Im Klassenzimmer standen Ayana, Devin und ein paar andere Jungen und Mädchen neben dem Lavabo (Schweizer Begriff für Waschbecken) zusammen. Möglichst unauffällig näherte ich mich ihnen und platzierte mich mit geringem Abstand neben Ayana, die daraufhin höflich etwas zur Seite trat und mir Platz machte. Ein paar Mädchen, die dummen Gänse, rümpften bei meinem Anblick die Nase oder stolzierten demonstrativ davon, um sich einer anderen Gruppe anzuschließen. Devin schaute kurz auf, dann setzte er seine Rede fort. „Auf jeden Fall muss es uns Schüler ja überhaupt nicht kümmern. Wir sollten uns eigentlich freuen, dass Englisch für 'ne ganze Weile ausfällt."

„Was ist eigentlich passiert?", getraute ich mich nun direkt in die Runde zu fragen und erntete erst einmal dafür missbilligende Blicke, was mir jedoch nicht störte. Alva flüsterte ihrer Freundin zu: „Sollen wir uns nicht auch lieber einen anderen Platz suchen?", während Ayana mit ruhiger Stimme eine Antwort gab: „Unser Englischlehrer ist brutal niedergeschlagen worden. Man hatte ihn vorhin ins Krankenhaus gebracht, wie du gesehen hast. Wer es getan hat ist noch unbekannt, doch es sind Fußspuren festgestellt worden, mehr wissen wir noch nicht."

Bevor ich noch mehr nachfragen konnte, läutete schon die Schulglocke und unsere Geschichtslehrerin betrat das Klassenzimmer. Während der ganzen Stunde verlor sie kein Wort über den morgendlichen Vorfall. Weitere Informationen und Details bekam ich somit an diesem Vormittag nicht mehr. Ayana war nicht aufzufinden und jemand anders fragen, wollten ich nicht, das verkniff ich mir lieber.

Zuhause angekommen, schloss ich mich in meinem Zimmer ein, und um mich abzulenken, wählte ich Weihnachtsmusik. Ich hatte leider noch keinen der neuen „lemp-0.9", sondern nur einen alten CD-Player. Weihnachtsmusik hörte ich nur aufgrund der Schwierigkeiten die man heutzutage hat, alte CDs aufzutreiben, und nicht, wie meine Klassenkameraden fälschlicherweise annahmen und unter der Hand kolportierten, weil ich leidenschaftlicher Weihnachtsmusikhörer sei. Romantische Musik war in unseren Kreisen nicht „cool", sondern eher negativ besetzt.

Kaum hatte ich es mir auf meinem Bett gemütlich gemacht, klopfte meine Mutter an die Zimmertür und verkündete, jemand wolle mich digital erreichen. Ich sprang vom Bett, öffnete die Türe und folgte meine Mutter nach unten ins Wohnzimmer, während ich mir Gedanken machte, wieso sich jemand die Mühe machte, mich zu Hause anzurufen. Bereits auf der Treppe hörte ich das aufdringliche Piepsen des „TechZ-26", das eine Gesprächsanfrage anzeigte.

Um sicherzugehen, dass ein privates Gespräch auch privat bleibt, setzte ich Kopfhörer auf, dann drückte ich auf den grünen Knopf für den Empfang. Zu meiner Überraschung erschien Ayanas auf dem Bildschirm auf. Sie machte eine vielsagende Miene und kam sofort und ohne viel Drumherum auf das Wesentliche: „Ich möchte mich mit dir einmal grundsätzlich aussprechen und unterhalten, komm bitte um 19.45 Uhr zur Turnhalle."

Das klang kurz angebunden, ja wie ein Befehl, und schon hatte sie sich verabschiedet. Dabei ließ sie mich einfach überaus verwundert vor dem grauenschwarzen Bildschirm zurück. Was hatte das zu bedeuten, was will sie mit mir bereden? Sie drückte sich doch sonst nicht so kurz angebunden aus. Normalerweise ließ sie sich doch stundenlang für endlose Diskussionen Zeit. Lag es eventuell daran, dass unser Kontakt gestört war und ich mich nicht dazu durchringen konnte, ihn mannhaft zu reparieren.

Plötzlich fühlte ich eine innere Angespanntheit und merkwürdige Unruhe. Dazu wurde mir schmerzlich bewusst, wie sehr ich in der letzten Zeit die Nähe von Ayana vermisst habe. Vorwürfe kochten in mir auf. „Wieso habe ich die einzige Freundin die ich je gehabt hatte in völliger Gleichgültigkeit von mir gestoßen oder eventuell sogar vergrault?" Ärger über mich und mein Verhalten griff sich nun bei mir innerlich um sich.

Eilige stürmte ich zurück in mein Zimmer, nahm die Gebäcktüte und öffnete sie. Es enthielt unterschiedlichste Weihnachtsplätzchen, die meine Mutter hineingefüllt hatte. Beim Anblick konnte ich nicht widerstehen und musste eines ausprobieren. Das Plätzchen war noch völlig in Ordnung und schmeckte köstlicher denn je. Schnell verschloss ich die Tüte sorgfältig mit einer bunten Schleife, die zufällig im Zimmer lag. Dann packte ich sie in meine Innentasche der Jacke. Zudem nahm ich mein

„Mobile-TechZ" mit und informierte kurz meine Mutter über mein Vorhaben, Ayana zu treffen. Dann machte ich mich mit schnellen Schritten auf den Weg zur Turnhalle.

Kühle abendliche Luft umgab mich, die blaue Stunde war hereingebrochen und der Abend nahte schon. Die Straße zur Schule hin lag ganz untypisch wie ausgestorben. Sonst herrschte auf der vielbefahrenen Straße allgemein reges Treiben. Beim Näherkommen sah ich von weitem Ayanas Silhouette. Sie stand wartend am Aufgang zur Turnhalle. Zurückhaltend oder mehr zögerlich begrüßten wir uns und überquerten gemeinsam das Schulareal, wie wir es vor den Unterrichtsstunden sonst immer taten. Noch während wir langsam voranschritten, klärte sie mich über den gestrigen Vorfall auf und informierte mich, was sie inzwischen sonst noch herausgefunden hatte.

„Der Englischlehrer wurde erst in der Frühe am Morgen gefunden, nachdem er am Abend zuvor niedergeschlagen worden war. Man weiß bisher noch nicht warum und wer der Täter sein könnte, doch im frischen Schnee sind Fußabdrücke gefunden worden. Die Spuren deuten darauf hin, dass der Lehrer sich mit jemandem gestritten haben musste oder von jemand bedrängt worden ist, der einen ziemlich großen Fußabdruck hinterlassen hatte. Dieser Jemand ging offensichtlich nach dem Streit ins Innere der Turnhalle hinein. Die Fußspuren zeigten das eindeutig"

„Und warum ausgerechnet in die Turnhalle und nicht zu irgendeinem – oder konkret zu seinem Auto?, wunderte ich mich und sagte das auch. Ayana antwortete sehr rasch, so, als ob sie nur auf diese Frage gewartet hätte: „Das habe ich mich auch gefragt und mich beim Hausmeister erkundigt, was es denn in der Halle so Interessantes gäbe?" „Und, was gibt es da so Interessantes?" „Im Betriebsraum steht der Notstromgenerator für die Schule und das „TechZ", das Technische Zentrum, mit dem alle Funktionen innerhalb der Räume gesteuert und kontrolliert werden. Zumindest aber alles, was elektrisch, elektronisch und mechanisch läuft." „Die Kaffeemaschinen der Lehrer zum Beispiel?" „Ja, genau und – fällt bei dir der Groschen? – auch die Wasserhähne." „Die Wasserhähne?", frug ich verwundert.

„Ja, seit etwa zwei Jahren sind die ebenfalls am „TechZ" angeschlossen. Das hat mit Kostenmanagement und -sparen zu tun. Auf diese Weise können sämtliche Abläufe optimiert werden, und auch bei den Wasserhähnen kann per Knopfdruck entschieden werden, ob sie an oder aus, warm oder kalt Wasser geben sollen. Erinnert dich das nicht an etwas?"

Mir fiel die Auseinandersetzung zwischen Herrn Oberwelten und dem äußerst eigenwilligen Wasserhahn wieder ein. „Ja genau, der verrückt gewordene Wasserhahn im Schulzimmer vor einigen Wochen, richtig", fragte ich nach.

„Diesen Vorfall meine ich. Der Hausmeister sagte, so etwas wäre möglich, zumindest, wenn es eine Fehlsteuerung in der Elektronik gäbe oder absichtlich so gesteuert wird, was immer jemand damit bezwecken wollte." „Könnte das vielleicht auch der Mann mit den großen Füssen gewesen sein?"

Ayana zuckte nur mit den Schultern. Erst als wir bei den Pingpong-Tischen angelangt waren und es uns auf einer der daneben stehenden Bänke gemütlich gemacht haben, holte ich aus meiner Tasche die Tüte mit dem Weihnachtsgebäck heraus und hielt sie ihr vor die Nase. „Das ist von meiner Mutter für dich und sie lässt dich herzlich grüßen." Mit Freude und großer Begeisterung nahm Ayana die Tüte entgegen und schaute hinein: „Meine Lieblingsweihnachtsplätzchen, oh, danke Miljan, das freut mich aber wirklich. Sag deiner Mutter tausend Dank." Nach einer kurzen, aber sehr liebevollen Umarmung steckte sie die Plätzchen in ihre Handtasche, konnte jedoch nicht der Versuchung widerstehen, zuvor eines herauszunehmen und es gleich genüsslich im Mund zergehen zu lassen.

„Ayana?", setzte ich nach. „Ist zwischen uns wieder alles gut, wieder in Ordnung? Ich, ich meine – stotterte ich vor Aufregung – macht es dir nichts mehr aus, mit einem Ausgestoßenen wie mir befreundet zu sein?" „Du Dummkopf", sagte sie lächelnd, „wann hat es mir je was ausgemacht, mit dir befreundet zu sein, heh?" Ich erinnerte sie kurz daran, wie sie mich bei der Shalyn- Clique im Stich gelassen hatte, und das in einer Zeit, in der ich wie ein Verrückter gelernt habe, lernen musste. Sie schüttelte nur den Kopf und entgegnete: „Du warst es doch, der sich mir gegenüber seltsam verhalten hat und immer mehr zurückzog. Du hast mich völlig ignoriert, mir nicht einmal mehr zugehört, nach einer Weile hast du mich sogar angeschnauzt."

Sprachlos nahm ich ihre Argumente entgegen und überprüfte gleichzeitig mein eigenes Verhalten in den letzten Monaten. Sie hatte nicht Unrecht. Im Glauben, sie würde sich meinetwegen schämen, hatte ich mich ihr gegenüber wochenlang ungerecht oder respektlos verhalten. Wer würde sich bei so einem Verhalten nicht auch zwangsläufig distanzieren? Eigentlich verdiente ich es sogar, gemieden und abgehängt zu sein. Ich wollte mich eben für mein Verhalten ausdrücklich entschuldigen, doch Ayana unterbrach mich und führte den Finger an den Mund: „Pst, Miljan, schau mal da hinten", und sie zeigte in eine Richtung. Irritiert von ihrem entsetzten Gesichtsausdruck folgte ich ihrem Blick und bemerkte einen verwahrlost aussehenden Mann, der soeben eigenwillig geduckt und vorsichtig sich umschauend aus der Turnhalle kommend fortschlich. Offensichtlich war er sich unserer Anwesenheit nicht bewusst und hatte uns noch nicht entdeckt. Obwohl ich bereits sofort ahnte, dass es der Täter sein könnte, richtete ich meinen Blick nicht auf sein Gesicht, sondern versuchte seine Schuhe auszumachen. Wie mir schwante, sah ich ziemlich große Füße und auch sein gesamtes Erscheinungsbild passte in das Muster eines üblen Missetäters.

Natürlich konnte ich mich auch irren und einen harmlosen Mitbürger zu Unrecht verdächtigen. Doch was hatte dieser Mensch oder gar ein Fremder um diese Zeit in unserer Turnhalle zu suchen? Das muss doch Misstrauen provozieren. An Ayanas Gesichtsausdruck merkte ich, dass ihr der gleiche Gedanke durch den Kopf ging. Wir glitten vorsichtig von der Bank und wollten uns entfernen, doch just in diesem Moment hatte der Verdächtige unsere Bewegung wahrgenommen. Ein paar Sekunden starrte er in unsere Richtung, gab sich erschrocken und wirkte ziemlich verunsichert. Mir kam es so vor, als würde die Zeit für einen Moment stillstehen, dann aber ging alles ganz schnell. Mit einer ungeahnten Beweglichkeit und Schnelligkeit eilte er mit versteinert drohender Miene direkt auf uns zu. Ayana packte mich am Ärmel und zog mich um die Ecke, dann rannten wir so schnell wir konnten Hand in Hand um das Gebäude herum.

Mehrfach drohten wir auf dem festgetretenen glatten Schneeuntergrund auszurutschen, doch wir stützten uns gegenseitig. Immer wieder rutschten wir weg, doch blitzartig hatten wir uns gefangen und standen wieder sicher auf den Beinen. Im Hintergrund hörten wir schwere Schritte und wir merkten dabei, dass es dem Mann nicht besser erging und es ihm ebenfalls Mühe bereite auf den Beinen zu bleiben und nicht hinzufallen, geschweige uns einzuholen. Ayana ist überdies eine ausgezeichnete Langstreckenläuferin mit guter Kondition, und auch ich konnte durch die vielen Trainingsrunden im Sportunterricht gut so einiges aushalten, speziell was Ausdauer betraf. Da sollte uns erst einmal jemand einholen wollen. Erst rannten wir um den großen Gebäudekomplex herum, weil uns im Augenblick nichts Besseres einfiel. Am Pausenplatz änderten wir den Plan und trennten uns. Während Ayana Richtung Straße lief, zog es mich in der Eile zum Schulgebäude hin.

Zeit zum Umkehren hatte ich nicht, und noch während ich gegen die große Türe drückte, ärgerte ich mich schon über diesen Entschluss, denn wenn er mir hier folgen sollte, saß ich in der Falle. Sehr groß war das Schulhaus nicht, mein Vorteil aber war, ich kannte mich da gut aus und wusste von mehreren Versteckmöglichkeiten. Schnell warf ich noch einen Blick zurück, konnte allerdings unseren Verfolger nicht mehr ausmachen.

War er, so wie ich, auf dem glatten Schnee ausgerutscht oder lauerte er uns irgendwo auf, wenn wir wieder rauskommen würden? Ich nutzte die Chance, um unbemerkt ins Gebäude zu gelangen, da allerdings überfiel mich nun große Angst um Ayana.

Beim Eintritt in den Flur umfing mich völlige Dunkelheit. Tastend suchte ich nach dem Lichtschalter, bis mir siedend heiß einfiel: „Nein, bloß nicht, mit der Beleuchtung würde ich mich ja verraten und ihn anlocken." Tastend überquerte ich den Korridor und überlegte schon, wo man am besten auf einen geeigneten Zeitpunkt zur Flucht warten könnte. Unschlüssig blieb ich vor einer Treppe stehen, die nach oben führt. Nach oben? Nein, das geht nicht, denn falls er mich dort entdecken sollte, würde ich mich in einer Sackgasse und somit in einer Falle befinden.

Plötzlich hörte ich das Quietschen der Eingangstüre und langsame schwere Tritte waren deutlich vernehmbar. Wer es auch war, Ayana oder unser Verfolger, war eindeutig nicht darauf bedacht, sich leise zu verhalten. Reflexartig hastete ich aufwärts, nahm dabei zwei Stufen auf einmal, vergaß dabei die Geräusche, die dabei entstanden. Mein Herz raste, als ich panisch die Klassenzimmertür öffnete und, so leise wie möglich, wieder schloss. Dann durchquerte ich den Raum und hielt hin zur nächsten Türe, die Verbindung zum anderen Schulzimmer. Wie gehofft – und trotzdem für mich überraschend – war sie nicht abgeschlossen. Ich eilte auch dort hindurch und hörte noch, wie der Raum rechts der Treppe geöffnet wurde, aber ich war schon draußen und hatte die Tür von der anderen Seite ins Schloss fallen lassen. Von dort ging mein nächster Weg abwärts und schnurstracks raus in den Hof.

Dort wollte ich nach Ayana suchen und rannte ich Richtung der Fahrradständer. Tatsächlich war es mir leicht gefallen, meinen Verfolger abzuschütteln. Dieser hatte die Türe, durch die ich entkommen bin, scheinbar gar nicht gefunden oder nicht beachtet. Ich stellte mir vergnügt den Verbrecher vor, wie er mühsam suchend von Zimmer zu Zimmer geht, ohne Aussicht, mich wirklich im Gebäude noch aufzufinden. Während dieser Überlegung traf ich Ayana, die gerade über die Feuertreppe herunterkam und über den bei der Turnhalle befindlichen Fahrradständer in den Hof gelangte. Nachdem ich ihr mit wenigen Worten freudestrahlend erzählte wie ich entwischt bin, berichtete sie mir, wie sie sich in der Mädchentoilette der Turnhalle eingeschlossen hatte und dort kurz verweilte, es dann aber nicht mehr aushielt und in den oberen Bereich ging. „Meine Angst und Aufregung war zu groß", gestand sie. „Ayana, ich denke kaum, dass diese Person die Toilette nicht betreten hätte, nur weil es eine Damentoilette ist", gab ich lachend zu bedenken. Inzwischen hatten wir uns hinter einem der anderen Häuser verkrochen und warteten auf die Polizei, die Ayana vor Minuten mit ihrem Handy verständigt hatte.

„Du, hör mal", entgegnete spitz Ayana und musste nun selber über diese Vorstellung lachen: „Ich hatte auch nicht angenommen, dass er mich in der Damen-Toilette nicht auffinden würde, aber er hätte 15 Türen öffnen müssen." „Sorry, daran habe ich nicht gedacht, da könntest du wohl Recht haben, das hätte viel Zeit in Anspruch genommen."

Wir erholten uns schnell von der anstrengenden Flucht und waren froh, als endlich die Polizeiwagen um die Ecke bogen und ins Schulgelände einfuhren. Mehrere Polizisten schwärmten in verschiedenen Richtungen aus und nach kurzem Suchen fanden sie unseren Verfolger, der bereits ahnte, dass wir entkommen sind, aber immer noch in der Turnhalle nach uns suchte.

Mittlerweile wurde er, nach einem jämmerlichen misslungenen Fluchtversuch, von einem der Polizisten mit Handschellen abgeführt. Der Mann war – so hörten wir – ein gesuchter Strafgefangener, der seit Monaten in den Nachrichten erwähnt und vor dem gewarnt wurde. Wie sich herausstellte, hatte er sich die ganze Zeit über in einem unbenutzten Lagerraum in der Schule versteckt gehalten.

Nachdem wir von unseren geschockten Eltern erst mal eine gehörige Standpauke – die wir völlig deplatziert hielten – wegen unserer Eigeninitiative anhören mussten, erlebte ich dagegen in der Schule eine erfreuliche Überraschung und völlig veränderte Stimmung zu mir.

Meine Mitschüler behandelten mich, den „Loser", den sie gestern noch verspottet hatten, als den Helden des Tages.

Die neue Situation in der plötzlich über mich herein gebrochenen Beliebtheit gefiel mir natürlich und daran kann ich mich auch schnell gewöhnen. Nach etwas Nachdenken wurde mir aber bewusst: „Jetzt ist es aber an der Zeit, dass ich dringend ein paar Dinge ändern muss." Die plötzliche Beliebtheit bei meinen Mitschülern fühlte sich zwar ganz gut an, war aber zugleich falsch, denn sie war nur oberflächlich, denn ich selber fühlte mich nicht anders als Tage zuvor. Mein Fazit: „Ich muss aufhören ständig in mir das Opfer zu sehen, das Anderen das Recht einräumte, mich als solches zu behandeln. Nun hatte ich ein klares Ziel vor Augen und wollte mich in Zukunft selbstbewusster geben und sorgsam mit meinen Freunden umgehen, Kontakte pflegen – insbesondere mit Ayana."

Skizzierung von Natascha 12 Jahre

6

Wachträume

Luzide Kurzgeschichten über das Träumen *

Von Natascha Strasser (Schweiz), 17 Jahre

* Ein **Klartraum**, auch **luzider Traum** (von lateinisch *lux, lūcis* „Licht"), ist ein Traum, in dem der Träumer sich dessen bewusst ist, dass er träumt. Paul Tholey, Psychologe und der bedeutendste deutsche Klartraumforscher, formulierte dies folgendermaßen: „Klarträume sind solche Träume, in denen man völlige Klarheit darüber besitzt, dass man träumt und nach eigenem Entschluß handeln kann." Bei dieser Definition stützte sich Tholey auf die Philosophin Celia Green und den Psychologen Charles Tart. Tholey und der US-amerikanische Psychologe Stephen LaBerge sind die beiden zentralen Pioniere auf dem Gebiet der modernen Klartraumforschung. Die Fähigkeit, Klarträume zu erleben, hat vermutlich jeder Mensch, und man kann lernen, diese Form des Träumens herbeizuführen. Dazu gibt es verschiedene Techniken. Ein Mensch, der gezielt Klarträume erleben kann, wird auch *Oneironaut* genannt (von gr. *oneiros* „Traum" und *nautēs* „Seefahrer"). Quelle: Wikipedia

Kapitel 1

Mein Atem stockte beim Blick in die dunkle Gasse, deren tiefgreifende Schwärze zugleich das Gefühl in mir aufkommen ließ, nicht vor einer Gasse zu stehen, sondern vor einer unergründlichen Höhle, die wie ein kosmisch-gigantisch Schwarzes Loch nichts mehr aus ihrem Innern entließ, was jemals hineingeraten war. Unsicher wechselte ich mein Gewicht von einem auf den anderen Fuß. Die Mauern der eng beieinanderliegenden Gebäude waren teils marode und verfallen, was die Gasse noch bedrohlich wirken ließ. Obwohl die Wände von Löchern nahezu durchscheinend perforiert waren, erhellte sie kein einziger Lichtschimmer. Da fand sich kein ermutigender Ausblick auf einen Ausgang am anderen Ende, nichts, nur beängstigende Dunkelheit überall. In mir stieg eine eigenartige Beklommenheit auf, die ich mir nicht erklären konnte, die mich jedoch auf meinem weiteren Wege durch die verwinkelten Straßen die ganze Zeit über begleitete. Ich versuchte einen Grund für dieses mulmige Gefühl zu finden, doch mein Verstand war betäubt und wie abgeschaltet. Das Einzige, worauf ich mich wirklich konzentrieren konnte, war die Gasse vor meinen Augen und eine vage Vorahnung, welche mich bedrohlich beschlich.

Just in diesem Moment hörte ich hinter mir Schritte. Erschrocken, fast ruckartig fuhr ich herum, konnte jedoch niemanden sehen. Trotzdem spürte ich die physische Präsenz, wusste, da ist jemand, der sich im Schutz der Dunkelheit verbirgt. Die bohrenden Blicke verspürte ich geradezu auf meiner Haut.

Mein Verfolger schien sich seines Fehlers bewusst geworden zu sein, denn ich hörte keine weiteren Schritte mehr hinter mir. Ich konnte mir gut vorstellen, dass er, ähnlich wie ich, die Luft anhielt, mit gespitzten Ohren lauschte und darauf wartete, dass ich weitergehen würde. Während ich nach der kurzen Zögerung dann wieder mein Gang fortsetzte, warf ich abermals einen raschen, überprüfenden Blick zurück in die Gasse. Wieder sah ich nichts, hörte ich aber deutlich Schritte.

Panik stieg auf in mir, denn ich ahnte, dass dieses Subjekt, das mich offensichtlich verfolgte, nichts Gutes im Schilde führte. Doch obwohl die Dunkelheit in der Gasse zuvor einen unheilschwangeren Eindruck auf mich gemacht hatte, wirkte sie nun plötzlich viel freundlicher und anziehender – als ob sie mir etwas mitteilen wollte: „Komm nur, hier sieht er dich nicht, hier bist du sicher vor ihm." Rasch folgte ich dieser Inspiration und setzte meinen Weg mit schnelleren Schritten durch die engen Gassen dieser fremden Stadt fort. Die Dunkelheit wirkte nicht nur aus meiner Empfindung heraus wie ein Schwarzes Loch, der ganze hintere Bereich dieser Gasse schien nur aus abgrundtiefer Dunkelheit zu bestehen. So sehr ich mich auch bemühte sie zu durchdringen, desto mehr bedrückte sie mich.

Die Gasse verlief schnurgerade, also ohne nennenswerte Kurven und Kreuzungen, kurz gesagt, fast immer nur geradeaus. Das war mir nicht unrecht, so musste ich in der Dunkelheit nur einen Fuß vor den anderen setzen und konnte ein unerwünschtes Kennenlernen meiner Nase mit der nächstbesten Hauswand vermeiden. Je länger ich allerdings weiterging, desto unvorsichtiger – um nicht zu sagen „übermütiger" – wurde ich, ja ich erwartete es sogar, dass ich irgendwann unangenehm die Mauer neben mir streifen würde. Doch selbst als ich leichtsinnig wurde, lief ich in kein Hindernis hinein, was mich verwunderte, denn das Einschätzen von Entfernungen gehörte noch nie zu meinen Stärken. Bei dieser Wahrnehmung musste ich unwillkürlich schmunzeln, trotzdem streckte ich vorsichtshalber meine Hand aus, um notfalls die Hausmauern rechtzeitig zu ertasten, doch oh Schreck, meine Hand griff ins Leere.

Verdutzt machte ich ein paar weitere Schritte hin in die vermutete Richtung eines Hindernisses, meine Hand blieb dabei ausgestreckt und bereit, sie zu ertasten; ich verspürte nichts. Nachdem ich so eine gewisse Distanz ungehindert und sicher zurückgelegt hatte, realisierte ich erstaunt und nun bewusst: „Das ist Hexerei, hier finde ich keinen Widerstand."

Erneut wandte ich mich blitzartig suchend um, während ich meinen Gang unbeirrt fortsetzte. Die Schritte waren immer noch vernehmbar, etwas gedämpfter zwar, fast wie schleichend, aber deutlich hörbar hinter mir. Meinen Erwartungen entsprechend schienen zudem die Mauern hier der puren Dunkelheit gewichen zu sein. Was nun, so fragte ich mich?

Die leisen Schritte in meiner unmittelbaren Nähe rissen mich aus meinen Gedanken und ermahnten mich zur Vorsicht vor einer möglichen Gefahr durch den Verfolger. Ich ärgerte mich über meine Unachtsamkeit auf dem zuletzt zurückgelegten Wegabschnitt. Ich hatte mich so sehr auf diese Finsternis konzentriert, dass es ein Leichtes gewesen wäre, mich zu überraschen und zu überwältigen.

Jetzt war sein rasselnder Atem immer deutlicher zu hören und das lenkte mich von meinem Ärger ab. Dafür weckte es das Bedürfnis in mir, mich schnell und möglichst weit von der Bedrohung zu entfernen. Und während ich von dem Unbekannten, Unsichtbaren nahezu vorwärtsgetrieben wurde, schien mir der eingeschlagene Weg genau der Richtige zu sein. Obwohl ich mir sicher war, dass mich die Finsternis zuvor ungebrochen umgeben hatte, war nun eindeutig ein Lichtschimmer auszumachen – schwach zwar und undeutlich in all dieser Schwärze, aber real. Meinen Verfolger im Nacken eilte ich auf diese Lichtquelle zu, froh, endlich ein Ziel zu haben und nicht mehr ratlos herumirren zu müssen.

Je näher ich dem Licht kam, desto deutlicher sah ich eine hölzerne Anschlagtüre, unter welcher ein Lichtschimmer hervortrat. Nachdem ich sie erreicht hatte, fackelte ich nicht lange, beherzt griff ich zu und drückte den kupferfarbenen Türknopf nach unten. Die Tür ließ sich öffnen, das tat ich aber nur soweit, dass ich mich gerade noch durch den Spalt durchwinden konnte. Sofort verschloss ich sie hinter mir wieder zu und atmete erst einmal tief durch. Gut, soweit war das geschafft und ich hoffte, jetzt und hier vor dem Verfolger in Sicherheit zu sein.

Neugierig schaute ich mich im Raum um. Ich befand mich in einem geräumigen Zimmer dessen Wände nahezu vollständig von Bücherregalen zugestellt waren. Rasch durchquerte ich diagonal den Raum und zog ein altes Buch, das mir ins Auge stach und einen bronzefarbenen Einband aufwies, aus den Bücherreihen hervor. Es ähnelte sehr solchen alten Wälzern, die meine Großmutter besaß und oft darin zu lesen pflegte. Ich konnte sie direkt bildhaft vor mir sehen, wie sie tief versunken in solche eine Lektüre nichts von meiner Gegenwart mitbekam. Er wäre mir ein dabei ein Leichtes gewesen, sie nur auf Grund meiner unerwarteten Präsenz fürchterlich zu erschrecken. Bei diesem Gedanken und Erinnerung an die Vergangenheit konnte ich mir ein leichtes Schmunzeln nicht verkneifen.

Neugierig schlug ich das Buch auf und blätterte ein wenig durch die Seiten. Die Texte waren in Fraktur geschrieben und für mein ungeschultes Auge schwer zu überfliegen und zu lesen. Doch halt, in der Mitte des Buches stieß ich auf eine Zeichnung, deren Inhalt mir bekannt vorkam. Ein Mädchen mit blondem, lockigem Haar hob ihre Schürze, um die aus dem Himmel fallenden Goldtaler zu fangen. Die Geschichte „Die Sterntaler" hatte mich früher schon oft bei meinem Weg ins Land der Träume begleitet, so oft, dass mein Vater noch heute die Augen verdreht, wenn ich nur davon erwähne. Aber ich hatte es ihm auch nicht leicht gemacht, hatte jedes andere Märchenbuch abgelehnt, welches er mir voller Hoffnungen zum Vorlesen anbot. Tatsächlich verlangte ich drei Jahre lang vehement jeden Abend nach dieser einen Geschichte, in der Überzeugung, ohne dieses Märchen gehört zu haben, würde ich nicht richtig einschlafen können.

Kapitel 2

Als ich mich abermals in diesem wundervollen Zimmer umblickte, wurde mir bewusst, dass ich in einer fremden Stadt bin und ich geriet darüber ins Grübeln. Wieso befand ich mich eigentlich in dieser wildfremden Stadt, wenn ich sie gar nicht kannte? Und wie war ich überhaupt hier her gekommen? Was war vor der Zeit meines Herumirrens durch die Gassen passiert? Das Ganze kam mir mehr und mehr unlogisch vor, denn ich konnte mich an nichts mehr erinnern. Jetzt konnte ich mich nicht einmal mehr auf das Auffinden einer Erinnerung in meinem Gedächtnis konzentrieren. Mein Kopf fühlte sich eigenartig leer und wie mit Watte gefüllt an. Abermals warf ich einen Blick in das offene Buch, das ich in meinen Händen hielt und stutzte. Das Märchen von dem Mädchen mit den Goldtalern war spurlos verschwunden. Die alten Buchstaben schienen der Darstellung eines Hundes gewichen zu sein, der sich im Kreis drehte und seinem eigenen Schwanz nachjagte.

Ich starrte auf die mir nun völlig fremden Seiten. Da kam die Erkenntnis hoch, ich träume doch dies alles nur.

Erschreckt drehte ich mich meinem Verfolger zu, der wie aus dem Nichts gekommen war, scheinbar ohne dass er eine Türe öffnen musste, und jetzt im knappen Abstand hinter mir stand. Erst jetzt konnte ich sein Erscheinungsbild sehen, sah einen älteren Mann mit schütterem Haar, welches sich teilweise unter einer braunen Schiebermütze verbarg. Aufmerksam schaute er mich mit weit geöffneten geheimnisvollen Augen an.

„Wieso verfolgst du mich?", warf ich ihm fragend mit zitternder Stimme zu. Die Ausdruckslosigkeit seiner Miene verschwand plötzlich und an ihre Stelle traten sichtbare Merkmale angestrengten Grübelns. Mit gerunzelter Stirn starrte er in die Luft, als ob sie ihm die Lösung meiner Frage offenbaren würde. Die Falten vertieften sich noch, weil ihm eine Erleuchtung verwehrt schien. Dann aber suchte sein Blick den meinen.

„Ich mache hier sauber", antwortete er lakonisch. „Das macht doch keinen Sinn", entgegnete ich. „Was macht schon einen Sinn?", antwortete er mit weit ausladender Geste: „In diesem komischen Traum sicher keinen."

Plötzlich verschwand sein Lächeln. Stattdessen verzerrte sich sein Mund zu einem lautlosen Schrei, seine weit aufgerissenen Augen wuchsen zu riesigen schwarzen Höhlen, während sie mich mit angstvollem Entsetzen anstarrten. Das Bild erinnerte sehr an das weltberühmte Gemälde von Edvard Munch: „Der Schrei". Der norwegische Maler verarbeitete Ende des 19., anfangs des 20. Jahrhunderts in diesen markanten Bildern in vier Versionen seine eigene Angst. Dann schienen den Unbekannten seine Beine nicht länger tragen zu wollen, er fiel in sich zusammen und riss meinen Traum mit sich fort.

Der Schrei, von Edvard Munch, 1910, Munch-Museum Oslo
Quelle: Wikipedia

Kapitel 3

Die langen Äste einer Trauerweide berührten unangenehm meine Stirn und ihre rutenartigen Laubblätter kitzelten meine Wangen. Abwehrend hielt ich meinen Arm schützend vor das Gesicht und strich die langen Äste beiseite, während ich über die verzweigten glitschigen Wurzeln stieg. Ich mochte Trauerweiden eigentlich gern. Ihre Wirkung auf mich hatte noch nie ihren Namen bestätigt, im Gegenteil, sie wirkten majestätisch und elegant, wie eine Königin eben, deren grazilen Körper von ihren langen Haaren feminin bedeckt wird.

Die prächtige Trauerweide stand im Garten eines Gutshauses, dem ich mit schnellen Schrittes zusteuerte. Bereits aus einiger Entfernung war deutlich das offene Tor zu erkennen, der Weg würde vermutlich direkt zur schmucken Pforte der prunkvollen Eingangshalle führen. Ich freute mich über die Feststellung, weil ich mich nicht noch mit einem verschlossenen Hoftor auseinandersetzen musste. Die Vorfreude beschleunigte meine Schritte so sehr, dass ich gerade noch ein Stolpern und den damit verbundenen Sturz in den aufgeweichten schmierigen Boden verhindern konnte. Kurz bevor ich das Herrenhaus erreichte, musste ich mein Tempo zügeln weil ich außer Puste geraten bin und mehrmals kräftig durchatmen musste.

Vor der Pforte angelangt, lehnte ich mich kurz an die weiße Wand der verzierten Fassade, um meinen beschleunigten Puls runterzubringen, mich etwas zu beruhigen. Doch die Fassade gab wie von Zauberhand bewegt nach. Mit einem Aufschrei sank ich wie der Löffel im Pudding in die Wand hinein. Ich ließ mich mit einer halben Drehbewegung auf die Knie fallen und bewegte mich kriechend vorwärts, während die Fassade, die nun von keinem Widerstand mehr gehalten wurde, auswich und sich wieder verschloss, wie wenn nichts gewesen wäre. Mit schreckgeweiteten Augen kroch ich schließlich weiter von der Wand weg und konnte nicht begreifen, was da vor sich ging. Nachdem sich meine Aufregung nach einer gefühlten Ewigkeit etwas gelegt hatte, begriff ich, während ich zur Kontrolle auf meine Hand schaute, eine Kontrolle, die ich so oft schon im Wachzustand tat, sodass sie sich als Ritual in mein Gedächtnis eingebrannt hatte. Aber irgendetwas an meiner Hand störte mich, sie wirkte so ungewohnt, so fremdartig. Ich schaute nochmals genau hin, hob sie empor und führte sie vor meine Augen. Jetzt fiel mir auf was nicht stimmte, was mir unbewusst aufgefallen war, und diese Erkenntnis ließ mich schmunzeln. Eigenartig, meine Hand hatte doch tatsächlich sieben Finger. Diese Anomalie in Form zusammengestauchter Finger war zu deutlich und offensichtlich. Warum ist mir das nicht gleich bewusst aufgefallen und was hatte das zu bedeuten?

Unabhängig von diesem Phänomen breitete sich Vorfreude bei mir aus, ein warmes Gefühl, zu dem ich mich glücklich seufzend innerlich hinstreckte. Diese Vorfreude hatte allerdings nichts mehr mit dem Herrenhaus zu tun – im Gegenteil. Nun, da ich mir meines Traumes bewusst geworden war, konnte ich mich nicht mehr an das erinnern, was ich eigentlich während meines Traumes in diesem Gutshaus zu finden hoffte oder tun wollte. Das war sicherlich schade, schließlich schien es mir wichtig gewesen zu sein, doch es war ein nur kleiner Verzicht, verglichen mit den Möglichkeiten, die mir der Wachtraum, indem ich mich bewegte, bieten würde.

Zum besseren Verständnis für Außenstehende, dies war nicht mein erster Wachtraum. Schon oft hatte ich in den Nächten zuvor schon luzide Träume bewusst herbeiführen können, und es fiel mir immer leichter, diese anhand von sogenannten Realitäts-Checks zu erkennen. Das Betrachten der Hände war einer dieser Erkennungsmerkmale, allerdings dauerte es einige Zeit, bis dieses in der Realität „auf die Hände schauen" zu einer so starken Angewohnheit wurde, dass es sich auch im Traum durchsetzt. In diesem Traum war es allerdings ein anderer Realitäts-Check, der den Wachtraum auslöste – selbst, wenn ich ihn nicht einmal bewusst durchgeführt hatte. Stattdessen hatte es mich quasi bis in das Bewusstsein erschreckt, dass ich gerade am Träumen bin.

Nun, da ich wieder bei vollem Bewusstsein war, wurde es Zeit, dass ich etwas an meiner Umgebung veränderte. In meinen vergangenen Träumen hatte ich bereits einige Wege gefunden, um Korrekturen in der Traum-Umgebung zu erreichen. Ich bin von Brücken gesprungen, um in eine neue Traum-Szene hinzutauchen oder hineinzuschweben. Ich habe Fernsehkanäle durchgeschaltet, also hin und her gezappt, bis eine passende Szene zum Einsteigen gefunden war, oder ich habe auch nur einfach einen meiner Traumcharakter nach dem Weg gefragt.

In diesem jetzt durchlebten Traum gab es allerdings keine Passanten und ich bezweifelte stark, dass ich mitten auf dem gemähten Rasen der Parkanlage eines Herrenhauses einen Fernseher zum Durchzappen finden würde. Ergo, ich musste mir also für diesen Traum etwas völlig Neues, etwas ganz Ungewöhnliches einfallen lassen.

Prüfend suchte ich meine Umgebung nach einem Hilfsmittel ab, irgendetwas, womit ich die gewollte Veränderung herbeiführen könnte. Ich drehte mich langsam im Kreise, meine Augen wanderten prüfend über den Rasen, hin zu der Trauerweide und in der Ferne erkannte ich schließlich die Anfahrt zum Tor, welches nach wie vor offen stand. Kein schlechter Einfall. Sofort eilte ich dorthin. Ein leichter Stoß genügte, damit das Tor mit einem lauten Knall ins Schloss fiel. Direkt vor dem rostigen Türklopfer, der sich im Mund eines grimmigen Löwen bewegte, stellte ich mir nun eine Szenerie vor, die mich hoffentlich hinter dem Tor erwarten würde, falls dieser Versuch gelingen sollte. Sobald meine Vorstellung deutlichere Konturen angenommen hatte, öffnete ich das hölzerne Portal und wurde von gewaltigem Rauschen empfangen und von feucht-warmer Luft überrascht.

Ich mochte Wasserfälle, liebte das rauschende Tosen und Brausen, die nebelfeuchte Gischt, wenn gewaltige Wassermassen in Kaskaden steil in die Tiefe stürzten und in ein ruhiges Plätschern übergingen oder andere in einen Bergsee mündeten. Solche Geräusche und Eindrücke wirkten unglaublich entspannend auf mich, so dass ich mich bei Ausflügen immer gerne auf einen Felsen am Rand eines Wasserfalls setzte und dem Tosen lauschend, schnell in einen tranceähnlichen Zustand versank.

Leider entsprachen die tatsächlich möglichen Besuche solcher Naturschauspiele nicht annähernd dem, was ich mir gewünscht hätte. Allgemein lag der letzte Familienbesuch schon länger zurück, so dass die Erinnerung daran bereits verblasste und brüchig wurde.

„Ich solle doch endlich aufhören, mit dem kleinstmöglichen Aufwand den größtmöglichen Gewinn erzielen zu wollen und stattdessen profitorientierter denken", meinte mein Vater öfters, während er unter anderem sämtliche Hobbys, Ferienausflüge, oder was auch sonst immer meine Zeit in Anspruch nahm, was mich vom Lernen ablenken könnte, von meiner Vergnügungsliste strich.

Umso mehr genoss ich nun die sinnliche Freiheit, die sich in Form eines gigantischen Wasserfalls vor mir auftat. Er war zugleich die Quelle eines Flusses, dessen Strömung scheinbar vergeblich versuchte, die großen Trittsteine mitzureißen, die inmitten des Flusses lagen und seinem Reißen widerstanden. Die quaderförmigen Schrittsteine führten direkt zum Wasserfall und schienen sich hinter der Gefällewand zu sammeln.

Irgendetwas jedoch war ungewöhnlich in dieser Szenerie. Ich richtete meinen Blick abermals auf die rauschende Wand und erkannte schemenhaft eine Gestalt, deren eine Körperhälfte vom fallenden Wasser verdeckt wurde. Eine Traumgestalt in einer Umgebung, die ich mir selbst erdacht hatte, und in der keine Traumcharaktere vorgesehen waren, das fand ich mehr als merkwürdig.

Misstrauisch sprang ich auf den ersten Trittstein, rutschte infolge der glatten, nassen Oberfläche beinahe aus und sorgte gedanklich – wie in einem Befehl – dafür, dass die Steine rutschfest zu sein hatten. Dann setzte ich meinen Weg fort, sprang behände von Stein zu Stein, die Gestalt vor mir fest fixierend. Je näher ich ihr kam, desto deutlicher wurden die Konturen dieses Individuums und als ich schließlich ihre Aufmachung erkennen konnte, blieb ich wie erstarrt stehen.

Es war eine Frau, soviel war sicher. Doch das erkennbare Geschlecht war das einzig Gewöhnliche daran. Ihr Gewand bestand aus einem übergroßen, offenen Regenschirm in bunten Regenbogenfarben, den sie anscheinend zu einem Kleid umgestaltet hatte. An ihren Beinen trug sie geschlossene Regenschirme, wobei ich mir nicht sicher war, ob es sich dabei um stiefelähnliche Objekte oder tatsächlichen um ihre Beine handelte. Das Gesicht hatte sie seitlich abgewandt und wurde von einer Maske verdeckt. Sie stand mir mit dem Rücken zugewandt und ein Schauder lief mir über den gesamten Körper. Dennoch sprang ich weiter auf den nächsten Stein und rutschte erneut schier aus.

Völlig perplex kniete ich auf der nassen Oberfläche und starrte auf meine feuchten Hände. Wie war das möglich? Meine Gedanken sollten doch mittels kinetischer Energie für einen sicheren Tritt gesorgt haben. Verwirrt starrte ich auf meine Hände und bemerkte das Schimmern des Flusses durch die Finger hindurch. Die bunten Farben, die in den Wellen ein Spiel miteinander zu treiben schienen, sobald ich sie mit meinem Blick erfassen wollte, flossen zu immer neuen Farben ineinander und drangen mir tiefer und tiefer ins Bewusstsein. Fasziniert tauchte ich meine Hand in das türkisblaue Nass, welches zuvor noch olivgrün leuchtete. Sobald meine Hand unter der dicken Oberfläche verschwand, veränderte sich der Fluss. Das schimmernde Wasser mit seinen magisch wechselten Farben verdunkelte sich plötzlich, wurde zu einer dickflüssigen, grauen Brühe, aus deren Tiefe es blubberte und schmatzende Blasen an die Oberfläche aufstiegen.

Reflexartig und erschrocken wollte ich meine Hand zurückziehen, doch der Fluss war schneller. Aus der Brühe schnellten Schlangen ähnliche Wellen in die Höhe, wanden sich um meinen Arm und zerrten mich mit unbändiger Kraft in die Tiefe. Stumm vor Entsetzen schrie ich nach Hilfe und drehte meinen Kopf in die Richtung, in der ich die Schirmdame vermutete, die jedoch nicht mehr vor dem Gefälle stand. Dann tauchte mein Kopf in die Mischung aus Schlamm und Sumpf hinein. Eine Erfahrung, durch die man schnell die Kontrolle verlieren könnte. Von Schweiß durchnässt wachte ich – einer Erlösung gleichkommend – alsbald auf.

Kapitel 4

Ruckartig wachte ich auf, fühlte mich aber total erschöpft und ausgelaugt, als hätte ich mehrere Minuten lang unter Wasser ums Überleben gekämpft und soeben erst die Wasseroberfläche glücklich durchbrochen. Ich fasste mit einer Hand nach dem Lichtschalter der Bettlampe, oder besser, ich wollte es tun, doch meine Hand blieb unbeweglich, wie festgebunden, an ihrem Platz. Zudem spürte ich eine seltsam schwere Last, die vollständig auf meinem Körper lag und die vielleicht der Grund für meine Unbeweglichkeit war. Ich versuchte es ein zweites Mal und konzentrierte mich nun bewusst auf die gewollte Bewegung – doch meine Hand zeigte keine Reaktion, nicht einmal ein Zucken. Was war denn da los? Ich begriff es nicht. Mein Körper lag starr da, gefangen in seinem Inneren, und jede Verbindungsstelle schien gekappt worden zu sein.

Meine Augen öffneten sich unwillkürlich und die Lider blinzelten reflexartig. Gierig schnappte ich nach Luft, doch meine Lungen füllten sich nicht, ich versuchte zu atmen, fühlte keine Luft durch meine Nase strömen, dabei entstand das bedrückende Gefühl sofort ersticken zu müssen.

„Bleib ruhig, Panik bringt dich nicht weiter", dachte ich und zwang mich ruhig zu bleiben. Das war keine einfache Aufgabe, ohne die Möglichkeit, tief und ruhig durchzuatmen zu können.

Plötzlich gab es ein lautes Geräusch, die Zimmertüre schien ins Schloss gefallen zu sein. Wie war das möglich? Die Türe war doch bereits seit Tagen verschlossen und ich war mir ziemlich sicher, dies auch an diesem Abend so belassen zu haben. Langsame Schritte waren nun aus Richtung der Tür vernehmbar – vielleicht hatten meine Eltern wider Erwarten doch das Schloss geknackt, und das trotz des zusätzlich unerwünschten Aufwandes, der mit der Reparatur eines Türschlosses oder einer ganzen Türe verbunden war.

Die Schritte kamen näher und näher. „Seltsam", ich fragte mich, „wenn sie wirklich die Türe aufgebrochen hatten, wieso habe ich dann von all dem nichts mitbekommen?" Das Knacken eines Schlosses wäre keinesfalls lautlos möglich gewesen, und doch war ich nicht auf Grund eines solchen Geräusches aufgewacht.

Zudem entsprachen die Schritte überhaupt nicht der Gangart meiner Eltern, die mich oft genug wegen meines schlürfenden Ganges zurechtgewiesen hatten, weil sie das nicht leiden konnten. Die Schritte die ich jetzt vernahm hatten aber ein typisch klares Trittmuster und hörten sich genauso an, wie sie es tadelten, es hörte sich schlürfend an.

Anscheinend hatte der Schlürfer nun die Zimmermitte erreicht und war nur noch eine Handbreit von meinem Bett entfernt. Inzwischen hatten meine Augen mit dem exzessiven Blinzeln aufgehört und es gelang mir, sie einen Spalt weit offenzuhalten. Der Rest meines Körpers schien sich jedoch immer noch meinen Anweisungen zu widersetzen. Auch der Versuch meinen Blick in die Richtung zu lenken aus der ich Schritte vernahm scheiterte. Vielleicht war es überhaupt nicht notwendig, meinen Körper zu einer solchen Anstrengung zu zwingen. Möglicherweise war es das Einzige was ich benötigte, um aus dieser einem Albtraum ähnlichen Situation zu entkommen, Geduld und Selbstdisziplin. Ich beschloss daher, die Schritte, Schritte sein zu lassen und einfach abzuwarten was passiert.

Das schlürfende Geräusch näherte sich weiter meinem Bettgestell. Schon war es mit meiner aufgezwungenen Geduld auch wieder vorbei. Lähmende Angst stieg in mir auf und schnürte mir den Hals zu.

So gut es ging, versuchte ich durch eine Lidspalte der Augen meine Umgebung auszumachen. Mein Blick blieb jedoch starr auf einen begrenzten Abschnitt der Decke gerichtet, welcher direkt über mir lag. Die Dunkelheit der Nacht hüllte mein Zimmer in völlige Finsternis ein, die Farbe der sonst schneeweißen Decke bestand aus tiefen Grautönen, die sich langsam, je weiter sie nach außen an die Grenze meines Sichtfeldes kamen, noch mehr verdunkelten. Der Grauton verlief sich, bis er schließlich so schwarz war, wie der Rest des Zimmers. Doch irgendetwas war unnatürlich an dieser beängstigenden Schwärze. Sie schien sich pulsierend langsam zu verändern, sich auf die Mitte des Abschnitts der Decke zu kriechend bewegen. Je weiter sie kroch, desto mehr nahm sie eine Form an, die mich an einen Schatten erinnerte – eine unnatürlich langgezogene Variante eines menschlichen Körpers, wobei ich mir bei „menschlich" nicht ganz sicher war. Eigenartig, es schien, als ob sich eine Person über mich beugt und dabei seinen Schatten an die Decke warf. Doch da war niemand, nur ein Schatten, ein Schatten in einem Raum ohne Licht, in einem dunklen Raum, indem es keine Schatten geben konnte.

Ich versuchte krampfhaft meine Augenlider wieder zu schließen, versuchte diesen Schatten, dieses Trugbild aus meiner Wahrnehmung zu verbannen, auszuschließen mit einem Realitätsbild aus physikalischen Gesetzmäßigkeiten und erbüffelten Grundregeln. Ich weigerte mich, diese surreale Situation, die ich nicht erklären konnte, anzuerkennen.

Entgegen meinem Willen blieben aber nun meine Augen offen, oder genauer, einen Spalt offen. Die Lider bewegten sich nicht mehr und ich konnte nichts dagegen tun. Verschwommen sah ich, wie dagegen der Schatten seine Augen öffnete, gleich roter Kugeln, Augen in denen der blanke Wahnsinn stand. Ich konnte mich nicht bewegen, während der Schatten langsam größer zu werden schien, wuchs, anschwoll. Kein Zucken meiner Hand war zu spüren, als ich bemerkte, dass er nicht mehr weiter wuchs, sondern sich nun von der Decke löste und langsam zu mir herabsenkte. Wie in Zeitlupe kam er mir näher und näher, gab ein krächzendes Lachen von sich, genau in der Stimmlage, wie es meine Schwester manchmal von sich hören lässt. Dieser Umstand, dass das mystische Wesen die Stimme meiner Schwester angenommen hatte, war mir unbequem, ja quälte mich und ich hätte weinen können. Das würde ich gerne tun, danach war mir zumute – doch auch in dieser Hinsicht blockierte mein Körper, ich blieb ohne jegliche Regung. Das Rot ihrer Augen füllte langsam mein Sichtfeld aus, während ich regungslos liegend verharrte und der körperlosen Gestalt aus Dunkelheit widerstandslos ausgeliefert war.

Mit einem erlösenden Schrei riss ich meine Augen auf. Geradezu als eine Erlösung empfand ich was ich dann sah, die Decke meines inzwischen vom hellen Morgenlicht durchfluteten Zimmers war wie gewohnt in einem makellosen weiß.

Kapitel 5

Gleichmäßige dicke Wassertropfen bildeten mit meinen Schritten einen Gleichklang, deren Echo den Saal mit seinen langen, ovalen Fenstern füllte. Farbige Fensterscheiben ließen das durchfallende Licht, welches in den Raum flutete, im freundlichen Blau erscheinen und gaben dem Saal einen angenehmberuhigenden Ton. Ich trat auf die verhüllte Gestalt zu, die mir, wie in jedem Traum, den Rücken zuwandte und kauernd das Gesicht zum Boden richtete. Das lange Kleid, bestehend aus einem bunten Regenschirm, verdeckte ihren Unterkörper nun vollständig. Ihre Handflächen berührten den Boden, die Arme straff vor sich ausgestreckt, um den leicht nach vorn gebeugten Körper in dieser Haltung zu stützen.

Beim Hören meiner Schritte wandte sie ihr Gesicht halb mir entgegen, sodass ich die Maske sah, die ihr Gesicht weiterhin verdeckte.

Über die Schulter beobachtete sie mich wie ich mich ihr langsam näherte, und sie blickte mir mit dem mir zugewandten Auge direkt in die Seele. Nach weiteren Schritten war ich ihr nah genug, um eigenartige Risse in der Maske zu erkennen, die mit jedem meiner Schritte tiefer und länger wurden. Dann begann die Maske nach und nach zu bröckeln, einzelne Teile fielen zu

Boden und ihre alabasterfarbene Haut darunter wurde nun offenbar.

Tatsächlich war es das erste Mal, dass die Distanz zwischen uns kurz genug war, damit ich ihre Augen sehen und in sie hineinblicken konnte. Sie erwiesen sich als geheimnisvoll und anziehend, dass es mir schwerfiel, mich nicht darin zu verlieren. Ich sah Augen wie Saphire, in einem Spektrum, welches an Tropfen erinnerte, die den Regenbogen reflektieren, der für mich unsichtbar blieb. Blaue Juwelen, vor denen ich nichts verheimlichen konnte, die auch mir nichts länger verheimlichen wollten.

Dann konnte ich die bisher nicht sichtbaren Regentropfen plötzlich hören, wie er in Tropfen hart auf den sommerwarmen Asphalt prasselte. In mir bewegte sich ein Kaleidoskop an Bildern – doch waren es nur Fetzen an Erinnerungen, die ich nicht klar definieren konnte. „Erinnere dich", sprach die Schirmdame fordernd, mit ungeduldigem Ton.

Das Prasseln des Regens verstärkte sich und ich bemerkte, dass es nichts mit meinem Gegenüber und den faszinierenden Augen zu tun hatte. Stattdessen regnete es in meiner Erinnerung, während sich mein Herz schmerzlich zusammenzog, weil mir schlagartig bewusst wurde, welchem Tag ich den Moment der Erinnerung zuordnen musste. Kurz wehrte ich mich gegen die Vergangenheit, wollte die Erinnerung nicht aufleben lassen, wollte sie im Vergessen belassen, einfach vergessen, vergessen, vergessen. „Erinnere dich", drängte die Schirmdame erneut und wieder klang es wie ein Befehl, dem sich niemand entziehen durfte. Unter dem zwingenden Eindruck ließ ich schließlich die Erinnerung zu und schon drängten sie in eindrücklichen Bildern in mein Bewusstsein zurück.

Darin sah ich mich in einem Raum innen am Fenster, vor einer Glasscheibe, die mich vor der Außenwelt trennte. Von draußen klatsche heftig Regen gegen die Scheibe. Ich sah ein

Auto sich nähern und plötzlich wurde – wie von unsichtbarer Hand – eine Mülltonne umgestoßen und rollte direkt vor das Auto. Durch den Aufprall wurde das Objekt seitlich mit gehörigem Effet weggestoßen und das Auto kam nach kurzer Fahrstrecke zum Halt. Ich hatte gleich die Befürchtung, dass es nicht nur die umgefallene Mülltonne war, die jetzt so unschuldig seitlich des Autos lag, mein Verdacht hegte viel Schlimmeres. Noch zeigte mein Blick in das Umfeld des Ereignisses nur ein trügerisches, harmloses Bild, eine umgefallene Mülltonne, die irgendwem zufälligerweise in den Weg geraten ist. Das unschuldige Bild sollte mich wohl in einer erleichternden Sicherheit wiegen.

Ein farbenfroher Schirm im strömenden Regen erschien wie eine Fata Morgana in den Raum hinein zu schweben, sich mir wie herangezoomt zu nähern und immer deutlicher werdend. Ich erkannte die geheimnisvolle Frau, deren Trockenheit der Schirm garantierte; ich kannte sie zu gut. Dann blieb sie in einiger Entfernung am Gartenzaun stehen und beobachtete aus der Distanz das tragische Geschehen, welches sich direkt vor unserer Haustüre abspielt hatte.

Als ich meine Eltern schreiend zum Unfallort gerannt kommen sah, wusste ich, ihre Sorge galt ihrer Tochter. Dabei blickte die mystische Gestalt der Traumfrau ein letztes Mal in meine Richtung, kehrte dann wieder in ihre Phantasiewelt zurück. Ich kannte diese Frau zu gut, sie war mir im Traum schon oft begegnet, einmal zu oft, wie es mir schien.

7

Narzisias Abenteuer

Von Natascha Strasser (Schweiz), 15 Jahre

Hi, Leute, bevor es losgeht, muss ich kurz erklären was es mit Narzisias Abenteuer auf sich hat. Es handelt sich um eine Geschichte in dem ein Mädchen namens Narzisia vorkommt.

Ich erweitere diese Geschichte immer um ein Kapitel, es ist aber nicht einfach irgendeine Geschichte sondern, sie spielt sich in Urbania, Simviertel und Glasstadt statt, im Großraum Miniopolis. Manche geben sich ungläubig oder gar überrascht. Okay, die drei genannten Städte sind aus dem Computerspiel „Sims in the City". Nein, gebt nicht gleich auf, weil Ihr das Spiel nicht kennt. Ihr müsst es auch gar nicht kennen. Ich erzähle diese Geschichte einfach so, dass es dem Leser nicht sehr schwer fällt zu verstehen. Alles klar, na dann die Geschichte geht jetzt los.

Kapitel 1

„Zuerst will ich mich vorstellen, mein Name ist Narzisia. Seit dem Tag meiner Geburt sind 16 Jahre vergangen, ich habe braune-schwarze Haare und dunkelbraune große Augen. Das soll bekanntlich anziehend wirken. Vom Fuß bis zum Scheitel messe ich etwa 1,67 Meter. Meine Figur ist schlank und ich soll ziemlich hübsch sein, wie andere mir versichern – und die das sagen, neigen allgemeinen nicht zu Übertreibungen oder Schmeicheleien."

„Wenn ich zudem sagen würde, ich bin von guten Eltern und nicht gerade arm, wäre das eine glatte Lüge. Leider bin ich es nicht und deshalb bin ich in der ordinären Funktion eines Hausmeisters – neuerdings Facility-Manager genannt – im King Tower tätig. Um diesen Job werde ich wahrlich von niemand beneidet, das hat aber andere Gründe."

Zur Erklärung, der King Tower ist sicherlich das größte und imposanteste Gebäude im Großraum Miniopolis. „Was, du weißt nicht was Miniopolis ist?" „Miniopolis ist eine eigene urbane Welt. Die drei Zentren sind Urbania, Simviertel und Glasstadt. Der King Tower steht mitten in der ausufernden Glasstadt. Aber leider kann ich mir die Stadt nie ansehen, mich nie darin umschauen. Ich darf keinesfalls den Arbeitsplatz oder meinen Aufgabenbereich verlassen, ich bin ja nur ein unbedeutender Hausmeister, und wenn ich weg gehen würde, dann schmeißen sie mich glatt raus. Okay, kleine Freiheiten gönne ich mir hin und wieder, so wie jetzt, ich war grade auf dem Dach und habe dort eine verdiente kurze Pause eingelegt."

Plötzlich tauchte meine Chefin Maria Hammer-Christel auf und die schnauzte mich unfreundlich an: „Bis du verrückt geworden, was suchst du hier oben, warum bist du nicht bei deiner Arbeit?" Ihr Verhalten, ihre Rüge hat mich erschrocken gemacht und wütend, ich konnte nur stotternd ein „aber ich, ich hab doch nur..." von mir geben können. Sie hat mir danach befohlen: „Du putzt sofort die Glasfenster, verstanden." Bäh, ich hasse es, an der großflächigen Fassade Staub und Dreck und schon gar nicht den allgegenwärtigen Vogelmist von den Scheiben zu entfernen. Aber ich brauche die „Simoleons", die paar Kröten, die ich mit meiner ungeliebten Arbeit verdiene. „Simoleons" ist die hier gültige Währung, das Geld, Money, Penunze, Dirie-darie, oder wie man sonst noch den schnöden Mammon nennt. Ohne Widerspruch – weil es doch zwecklos gewesen wäre – habe ich mich unverzüglich an die ungeliebte Arbeit begeben. Durch die Benützung des Fassadenaufzuges ging mir die Tätigkeit flott von der Hand und nachdem ich nach Stunden fertig geworden war, war ich sogar ein wenig zufrieden mit mir. So gut wie kein verdammter Vogeldreck war mehr auf den Glasflächen zu sehen und ich hatte damit immerhin 64 Simoleons verdient.

Leider sah das mein „Aufsichtsdrachen", die Hammer-Christel, das wohl anders. Furchteinflößend versuchte sie sich in voller Größe und Statur vor mir aufzubauen und fauchte: „Du bist entlassen, bist gefeuert." Ich war überrascht, wusste nicht, was ich darauf antworten sollte und schnauzte zurück: „Was soll jetzt dieser Unsinn, welche Laus ist ihnen denn über die Leber gelaufen, warum schikanieren sie mich und geben solche unbegreiflichen Entscheidungen von sich, he?" Sie sagte: „Das ist nicht meine Entscheidung und auch nicht die von Hugo König, dem Besitzer des King Tower." Jetzt wollte aber wissen: „Wer entscheidet denn und verantwortet solch einen Blödsinn, wer will mich nicht mehr und meine Fähigkeiten als Hausmeister hier haben?" Plötzlich änderte sich ihre überhebliche Mimik und ging in Traurigkeit über. Seufzend erklärte sie: „Hugo König hat den King Tower an einen gewissen Georg Roseklappe verkauft und dieser will alle feuern, die er meint nicht brauchen zu müssen." „Da beginnt er dann damit eine Fachkraft, die über alle Systeme und Einrichtungen im Haus Bescheid weiß zu entlassen. Das ist doch hirnrissig, oder was?", fauchte ich vor Wut.

Dem füge ich dann noch an: „Das habe ich mir nun überhaupt nicht vorstellen können, dass Herr König seinen geliebten King Tower verkauft. Was gab es da für triftige Gründe, was machte das für ihn einen Sinn oder was ist schuld an dieser Meinungsänderung?" Ich fand keine Antwort und entschied: „Was soll es, ich habe ganz andere Sorgen, wie mich um unerklärliche Meinungsschwankungen von gewissen Psychopaten zu kümmern oder aufzuhalten."

Kapitel 2

Wenn ich in meinem Job gefeuert bin, heißt das nicht auch, dass ich zum Bauernhof zurück muss, wo ich herkam? Dahin will ich und werde ich aber auf keinen Fall zurückgehen. „Bitte lassen sie mich zumindest hier wohnen", flehte ich notgedrungen devot und dabei eine Kröte der Erniedrigung schluckend. „Hm', also ich weiß nicht, ob das der neue Besitzer überhaupt will und wie er das entscheidet", meinte Hammer-Christel unschuldig mit Dackelblick, was Bedauern signalisieren sollte. Doch ich ließ nicht locker und lag ihr so lange in den Ohren, bis sie schließlich zustimmte, sich diesbezüglich für mich einzusetzen. „Ich muss das mit dem Boss abstimmen und will sehen, ob ich seine Genehmigung einholen kann", seufzte sie als Versprechen. „Mach es dir solange im Rückzugsraum gemütlich." „Aber ich muss deinen Wischer noch haben", füge sie erschreckt an, nachdem ihr bewusst wurde, fast vergessen zu haben, das ihr anscheinend sehr wichtige Handwerkszeug von mir zu fordern.

Ungern gab ich ihr das für mich wertlose Utensil heraus und ging schnurstracks in die Sanitärräume um mich zu duschen. Hinterher war mir schon etwas wohler. Mit dem Schweiß und Dreck hatte ich mir gleich den ganzen Ärger weggespült. Anschließend begab ich mich in mein Zimmer im Personaltrakt, legte mich – ohne mich meiner Arbeitskleidung zu entledigen – auf das Bett und schlief widererwarten sofort ein. Wieder bestätigte sich: „Ein gutes Gewissen ist ein gutes Ruhekissen." Ich war mit mir im

Reinen und wartete darauf, wie sich die Dinge entwickeln würden.

Kapitel 3

Ausgeruht begab ich mich Stunden später ins Fitness-Center, mit dem Wunsch meinen Körper zu trainieren oder einfacher ausgedrückt: „mich ein wenig zu plagen." Ohne eitel zu sein, bemühte ich mich stets darum, eine gute Figur zu halten. Im Center stürzte ich mich eifrig auf eines der vielen Geräte und rackerte eine volle Stunde. Hinterher war ich ausgepowert und spürbar müde. Zuerst musste ich mich aber nach dieser schweißtreibenden Aktivität erneut frisch machen und wieder duschen. Das hatte nichts mit gutem Benehmen zu tun, es war mir mehr ein Bedürfnis. Peinlich war mir aber, es gab im Badebereich weder Einzelkabinen noch einen Vorhang und so kam es mir vor, ob ich im Freien stehe. Zum meinem Glück war aber niemand anwesend und es kam in dieser Zeit auch keiner, weder Mann noch Frau. Dabei wurde mir bewusst, dass das nicht normal ist, nicht normal sein kann. Bei diesem Gedanken wurde mir unwillkürlich unheimlich. Deshalb beeilte ich mich, schneller fertig zu werden wie sonst und ich zog mich schleunigst wieder an und ging in mein Appartement zurück. Müde vom anstrengenden Training legte ich mich dort erneut nieder und schlief auch sofort wieder ein. Es folgte eine ungestörte und traumlose Nacht.

Beim Aufwachen am nächsten Morgen kam gleich die nächste unangenehme Überraschung. Ich fühlte mich irgendwie nass und klebrig. Blitzartig sprang ich aus dem Bett und schaute nach was das sein könnte. „I Gitt, so etwas aber auch", entfuhr es mir, ich hatte wohl vergessen nach dem Duschen meine Blase zu entleeren und sie hatte das in der Nacht von mir unbemerkt nachgeholt. So ein peinliches Malheur war mir nun sehr peinlich, ja es ärgerte mich sogar: „Ich bin doch kein Baby mehr. Wie kommt denn sowas, bin ich krank, psychisch angeschlagen, werde ich gar ein krankhafter Bettnässer?" Mir graute bei dem Gedanken vor mir selbst. „Das kann nur von dem verdammten psychischen Druck kommen, dem ich hier ausgesetzt bin." Damit fand ich zumindest vor mir selber eine Rechtfertigung.

Erst entfernte ich das Bettlacken, dann bemühte ich mich – mehr um mich zu beruhigen als aus der Not heraus – die Matratze mit einem feuchten Tuch zu reinigen, was mir nicht so richtig oder zur Zufriedenheit gelang. Deutlich blieb ein Flecken zurück. „Was macht man in solch einer Situation?", überlegte ich. Wenn ich schon das Malheur nicht ungeschehen machen kann, dann decke ich das einfach mit einem anderen Tuch zu und so war es für mich gut. Nach dem Schreck war es höchste Zeit anderen Aufgaben nachzugehen und vor allem, mich im Gebäude umzuschauen und nach dem Rechten zu sehen. Dass ich gefeuert bin, hatte ich in diesem Augenblick schon vergessen oder verdrängt.

Mit dem Fahrstuhl fuhr ich nach oben ins Skyline-Penthouse, das seit langem nur noch als Rumpelkammer diente. „Warum auch", wusste ich es nicht und fand das superschade. Bisher war ich aber selbst noch nie in diesem Bereich gewesen und hatte auch kein Verlangen danach gehabt, denn – wie man mir berichtete – sei es dort dreckig und staubig.

Beim Eintritt fiel mein Blick zuerst auf ein altes verkümmertes Sofa, das sofort mein Interesse weckte. In den Räumen gab es zudem eine alte Dusche und eine winzig-kleine Toilette. Wer dort sein muss, durfte nicht unter Platzangst leiden und Beleibte würden darin überhaupt keinen Platz finden. Zuerst nahm ich mir vor, ich wollte die Hammer-Christel fragen, ob ich später das Sofa und anderes Gegenstände für meine eigene Wohnung haben dürfte?

Am Ende meines Rundganges betrat ich die letzte Abteilung, das „Allerheiligste", die Abteilung und der Wirkungsbereich vom „Boss". Zuerst fiel mir ein etwa 50 Jahre alter Mann auf, der an einem überdimensionierten Schreibtisch saß und Geld zählte. Vom ersten Augenblick an wirkte diese Person sehr unsympathisch auf mich. „Das muss Georg Roseklappe sein, der neue Besitzer", ging mir durch den Kopf. Seine Ähnlichkeit mit einem Walross war frappierend.

Langsam blickte er auf und sah in meine Richtung. Sofort deutete er mit seinem wulstigen Zeigefinger direkt auf mich und dann zur Türe. Seine Geste war eindeutig und unmissverständlich. Grummelnd verließ ich sein Büro. Zum Glück konnte dieser Fiesling nicht meine Gedanken lesen. Nun versuchte ich die Hammer-Christel zu finden.

Kapitel 4

Nach längerem Suchen fand ich die von mir nicht sonderlich geschätzte Dame auf dem Dach, wo sie damit beschäftigt war, die technischen Einrichtungen zu inspizieren. Während sie prüfend in jede Ecke sah, brachte ich meine Bitte wegen dem Sofa und anderen Einrichtungsgegenständen vor. Wider Erwarten freundlich erlaubte sie mir – nach kurzem Überlegen – die Sachen zu behalten.

Die Hammer-Christel sah sie mich aber besorgt an und seufzte: „So schnell wird das wohl leider nichts mit dem Bezug deiner Wohnung, denn ich habe den Schlüssel dazu verloren.

Jetzt war guter Rat teuer. Wie sollte ich in den Raum im 1. OG, in meine neue Wohnung gelangen?

Ich machte den Vorschlag, „dass wir doch durch ein Fenster einsteigen könnten. Notfalls muss man eine Scheibe einschlagen und dann vom Schreiner wieder ersetzen lassen." Dann fiel mir jedoch ein, dass Hugo König aus Angst vor Einbrechern vor jedem Fenster hatte Gitter anbringen lassen. Auf diese Weise kommt man keinesfalls hinein.

Hammer-Christel druckste herum: „Es gibt wohl nur eine einzige Möglichkeit, dass du an einen Ersatzschlüssel für die von dir gewünschte Wohnung kommst, du musst...!"

Das war wirklich ein zu blöder, ein schräger Tipp, aber was soll ich sonst machen? Aufgeregt und ein wenig ärgerlich – um nicht stinksauer zu sagen – fuhr ich mit dem Fahrstuhl in die 2. Etage wo das Büro des Technikverantwortlichen Babsi Blind sich befindet, der allgemein sämtliche Schlüssel verwaltet. Dabei murmelte ich verärgert: „Du musst in Babsi Blonds Büro einbrechen und den Schlüssel klauen, du musst, du musst, du musst."

„Ja zum Teufel, ich hörte immer nur: „Du musst, wieso sollte ich irgendetwas müssen?" Widerwillig aber vorsichtig blickte ich von außerhalb seines Büros nach innen in den Raum. Niemand war dort zu sehen. Babsi ist wahrscheinlich zum Rapport bei Georg Rosseklappe, dem „Boss", so hoffte ich jedenfalls. Zaghaft drückte ich die Klinke der Türe, doch wie nicht anders erwartet, sie war verschlossen. Mit zitternden Händen suchte ich nach dem Generalschlüssel, den ich als Hausmeister hatte und fingerte damit am Schloss herum. Das brauchte etwas Konzentration, die mir in der Aufregung fehlte. Dazu überkam mich pure Angst, mein Hals war trocken und ich kämpfte gegen die aufkommende Panik an. Schon sah ich im Geiste, dass Babsi plötzlich hinter mir steht oder noch undenkbarer, Georg Rosseklappe persönlich mit ihm.

Da, das Schloss klickte leise und ich konnte die Türe fast geräuschlos öffnen. So, das wäre schließlich doch noch geschafft. Mehr mutig wie siegessicher begab ich mich schnurstracks zum Schreibtisch, öffnete die untere Schublade wo sich allgemein die

Ersatzschlüssel befinden und kramte suchend, bis ich den Passenden hatte, den Schlüssel zu meiner persönlich wohnlichen Freiheit. Daneben lagen drei Bündel Geldscheine mit hohem Wert. Wie unter einem Zwang nahm ich die auch an mich und verstaute sie in der Innentasche meiner Jackentasche, ganz nach dem Motto: „Wenn schon, denn schon, Geldscheine gehören nicht in den Schreibtisch sondern auf ein Konto der Bank oder in ein sicheres Bankschließfach, basta." Was ich tat, empfand ich als Akt der Sicherheit.

Kapitel 5

Plötzlich vernahm ich ein tiefes aber aufdringliches Räuspern hinter mir. Erschrocken drehte ich mich wie in Zeitlupe um. „Zum Teufel aber auch", das Worst Case, das absolut Schlimmste was mir passieren konnte, das ist nun eingetreten, sie haben mich ertappt. Die unerfreuliche Situation war sogar noch schlimmer wie befürchtet. Nicht nur Babsi Blond, sondern mit ihm auch der Fiesling Georg Rosseklappe standen da. Sie sahen mich nicht nur fragend, sondern mit strafendem Blick, nein geradezu triumphierend an. Ihre Blicke schienen mich zu durchbohren. „Dürfen wir fragen, was sie hier tun, was sie in diesem Raum suchen?", gab Babis Blond mit scharfem Ton von sich.

Ich tat völlig unschuldig und antwortete: „Sorry, ich habe mich verlaufen, ich suchte vergeblich nach der Toilette", dabei wurde ich bis über die Ohren rot. „So so, sie suchten die Toilette und das in meinem Büro? Im Lügen bist du ja noch schlechter wie bei der Arbeit, wenn Toiletten reinigen überhaupt als eine Arbeit gilt", hörte ich Babsi zynisch sagen.

„Ich würde meinen, wir haben dich auf frischer Tat beim Diebstahl erwischt, wie du Geld und möglicherweise sogar einen wichtigen Gebäudeschlüssel entwendet hast. Dein Pech nämlich ist, sämtliche Räume werden mit Videokameras überwacht und die haben laut und deutlich wegen dir Alarm geschlagen", hörte ich nun von Georg Rosseklappe. „Draußen wartet schon jemand auf dich. Man nennt solch eine Person allgemein Gesetzeshüter, und der wird dich schon dorthin bringen wo Eindringlinge und Diebe, so wie du einer bist, hingehören und das nennt man Knast."

Mir wurde schwarz vor Augen. „Oh Gott, ich und ins Gefängnis." Ich versuchte mich herauszureden, sagte „ich bin unschuldig, ich habe nur meine Pflicht getan und überhaupt war das Hammer-Christels Idee, ich sollte ihr den Schlüssel besorgen." Doch mein Reden war umsonst. „Die Schuld auch noch anderen zuschieben wollen, schlimmer geht es wohl gar nicht mehr", giftete nun wieder Babis bissig. Derweil trat ein Polizist in den Raum und legte mir sofort klickend Handschellen an. Dabei konnte sich der Fiesling Rosseklappe es sich nicht verkneifen zu zischen: „Tja, Verbrechen lohnen sich nicht, niemals." Vom Polizist an meiner Hand vorwärts gezerrt, wurde ich abgeführt.

Wie ein gewöhnlicher Verbrecher hat mich der Polizist in ein polizeiliches Verschubfahrzeug – früher „grüne Mina" genannt – gestoßen und dort wieder mit der Handschelle fixiert. Unverzüglich fuhr er mit mir nach Urbania, wo ich ins Gefängnis eingewiesen wurde. Mit bösem Blick und unverständlichen Worte knurrend warf mir ein Bediensteter eine Decke und anderes Zeug vor die Füße. Danach wurde ich in die zugewiesene freie Zelle mehr geschubst wie geführt, die sich als einengend klein erwies, und mit dem einzige Komfort, den ich vorfand, das war eine gläserne Dusche, sowie eine nur durch Sichtschutz abgetrennte Toilette. Neben den Gittern vor dem Fenster, sah ich auf einem Bord einen alten kleinen Schwarzweiß-Fernseher stehen, es stand ein auch ein einfacher Stuhl und ein Tisch in der Ecke, neben einem klapprigen Bett mit Eisengestell und einer blanken Matratze.

Ich war der Verzweiflung und zudem vor Scham einer Ohnmacht nahe. „Muss ich jetzt für längere Zeit oder gar für immer unschuldig in diesem Gefängnis bleiben? Womit habe ich solch ein Unglück verdient? Sag mir einer sofort, dass das Ganze bloß ein dummer böser Albtraum ist."

8

Geschichten von Ellen

Das besondere Haus

Zur Familie meiner Großeltern, den Eltern meiner Mutter, zählten sieben Kinder. Alle, mit Ausnahme des ältesten Sohnes und seiner Frau, meiner Mutter, wohnten mit ihren Familien im Elternhaus. Wenn man sich oder die Anzahl der Personen bewusst machte, könnte man annehmen, das Haus muss ein großer Wohnblock gewesen sein. Doch das war weit gefehlt.

Von der Straße aus gesehen machte das Haus eher einen bescheidenen Eindruck. Es war augenscheinlich mehr breit als hoch. In der Mitte befand sich der Hauseingang. Trat man hinein, sah man rechts und links mehrere Türen abgehen. Zwei davon führten in die Wohnungen zu beiden Seiten von Tante Hilde und Tante Martha, eine weitere Türe führte hoch in den ersten Stock, eine weitere in einen Abstellraum und eine andere nach unten in den Keller. Auf den ersten Blick war das durchaus verwirrend und glich eher einem Labyrinth. Das Obergeschoss, „Erster Stock" landläufig genannt, war ähnlich aufgeteilt, nur gab es hier noch eine Türe zum Speicher. In diesem unscheinbaren Haus an der Hauptstraße wohnten somit insgesamt vier Familien.

Rückseitig gab es einen Innenhof, großräumig und flach. Hier konnte ich in meiner Kinderzeit wunderbar mit Rollschuhen laufen oder in anderer Weise mit den Nachbarskindern austoben. Auf der rechten Gebäudeseite gab es einen weiteren Trakt, die Wohnung meiner Großeltern. Hier befand sich eine Kochküche, die mit Ess- und Wohnzimmer ebenerdig lagen. Wollte man in die erste Etage gelangen, musste man auf einer steilen Wendeltreppe durch den „Hexenturm" aufwärts steigen. Oben befanden sich die Schlafräume.

Ursprünglich bestand das Gebäude sicher nur aus dem Erdgeschoss und das Obergeschoss und wurde später erst dazu gebaut. So entstand dieser „Hexenturm", der als Treppenaufgang diente. Der ganze Hauskomplex war insgesamt ziemlich verbaut und verwinkelt, doch gerade diese Tatsache machte es für mich als Kind so romantisch und einem verwunschenen Schloss gleich.

Gegenüber der Wohnung meiner Großeltern – auf der anderen Hofseite – wohnte Tante Wally, die Jüngste meiner Tanten. Neben den Wohnungen waren auf einer Hofseite noch diverse Verschläge und Abstellräume angeordnet, dann gab es ein Waschhaus und darüber der Trockenspeicher.

Hinter dem Haus traf man auf einen romantischen Garten; nicht sehr groß, nur mit einigen Blumenbeeten, aber einem auffallend großen alten Birnbaum. Wer erinnert sich da nicht an das Gedicht von Theodor Fontane „Herr von Ribbeck auf Ribbeck im Havelland", bei dem auch ein Birnbaum im Garten stand.

Zudem gab es einen Brunnen im Garten, einer mit gusseiserner Handpumpe, daneben stand eine sechseckige kleine Gartenlaube, die sogar im beengen Bereich des Gartens noch ein Plätzchen gefunden hatte. Dieses idyllische Fleckchen war außerhalb des großen Hauses einer meiner Lieblingsplätze, denn selbst an heißen Tagen empfand ich es hier wunderbar und angenehm kühl. Möglicherweise lag das daran, dass die Laube mit Schatten spendendem wildem Wein total überwachsen war, und das schaffte selbst an sehr heißen Tagen ein immer noch angenehmes Kleinklima.

Heute existiert dieses Häuser-Ensemble leider nicht mehr. Bei einem späteren Besuch der Heimatstadt meiner Mutter stellte ich mit etwas Bitterkeit fest, an seiner Stelle ist ein hässlicher uniformer Mehrfamilienblock entstanden, typisch im Stil der 70er-Jahre, über den man in Bezug auf Flair und Stil kein Wort verlieren musste.

So bleibt mir nur die Erinnerung an das schöne alte Gebäude, das Haus meiner Vorfahren, meiner Verwandten und der Zeit in der fröhlich-lebendigen urbanen Stadt Mainz, mitten in einer lieblichen Landschaft am europäischen Strom, dem mächtigen Rhein.

Das alte Haus „Brommer" im Bühler Sonnengässle

Ein kleiner bunter Wellensittich

Mein Mann war Offizier in der französischen Armee, und eines Tages kam er aus dem Büro, das innerhalb der Kaserne angesiedelt war, wie gewohnt nach Hause. Zu unserer Überraschung brachte er einen Schuhkarton mit Löcher mit und darin befand sich ein bunt gefärbter Wellensittich. Der Vogel war ihm auf die Fensterbank seines Büros zugeflogen, war aber weder ein Spion noch ein Feind. Das Vögelchen erwies sich als handzahm, ließ sich streicheln und ohne Angst auf den Finger nehmen. Daraus musste man eindeutig schließen, dass schon bisher ein unkomplizierter Kontakt zu Menschen bestand und der für das Geschöpf nicht beängstigend gewesen sein muss.

Wir fragten überall herum, ob irgendwo ein Sittig entflogen war, doch niemand vermisste sein Vögelchen. Was sollten wir jetzt mit dem neuen Familienmitglied tun? Im Familienrat beschlossen wir es zu behalten. Zuerst kauften wir dafür einen geräumigen Vogelkäfig, damit das Vögelchen ein würdiges Zuhause bekam. Besonders unsere Tochter Maria war von ihm hell begeistert. Sie taufte ihn spontan „Charliy", und sie wollte künftig die Aufgabe übernehmen, immer den Fressnapf aufzufüllen, Wasser in das Trinkgefäß zu geben und den Käfig sauber zu halten. Vom ersten Augenblick an hatte sie den Vogel für sich erkoren. Das war quasi: „Liebe auf den ersten Blick."

In den nächsten Wochen und im kommenden Sommer säuberte Maria sorgfältig und zuverlässig den Käfig. Dabei wurde Charliy behutsam auf der Hand sitzend herausgenommen. Danach durfte er in der Küche umherfliegen und genoss offensichtlich diese Freiheit. Wieder war es soweit, das übliche Ritual stand an, wobei das Unglück geschah. In der Küchentüre befand sich eine Glasfüllung. Es war ein schöner Sommertag, die Sonne stand hoch am Himmel und schien durch die Küchentüre hinein in den Raum. Das helle Sonnenlicht mag Charliy geblendet oder irritiert haben, denn er flog direkt in die Scheibe hinein. Nach dem Aufprall fiel er wie ein Stein zu Boden und blieb unbeweglich liegen. Maria schrie auf und brach in Tränen aus, denn ihr Liebling Charliy war auf der Stelle tot. Er hatte sich beim Anprall unglücklich das Genick gebrochen.

Unsere Tochter musste nach einer Weile einsehen, dass alles Streicheln und Schmeicheln umsonst war und dem gefiederten Freund nichts mehr helfen würde.

Jetzt war eine würdige Beerdigung zur Ehre des verstorbenen Familienmitgliedes Pflicht. Dazu gab ich ihr eine schöne bunte Pralinenschachtel. Maria legte den „Sarg" mit weicher Watte aus, bettete Charliy sanft hinein, sodass er es schön warm und weich haben sollte. Diese sorgfältige, liebevolle Arbeit tröstete das Mädchen wohl ein wenig. Zum Schluss kam noch der Deckel darauf und ein gut sitzendes, strammes Gummiband hielt alles fest geschlossen, damit herumstreunende Katzen ihn nicht fressen konnten.

Hinter dem Haus befand sich eine grasbewachsene Wiese mit halbhohen Büschen und alten Bäumen. Maria wählte einen alten, stattlichen Lindenbaum aus, an dessen Fuß ich mit dem Spaten ein rechteckiges Loch grub, tief genug, damit Charly nicht von räuberischen Tieren gefunden und ausgebuddelt werden konnte. Einem religiösen Ritual gleich legten wir die Schachtel hinein, bedeckten alles mit Erde und traten sie gut fest. Oben auf das Vogelgrab legte Maria zuletzt eine schöne bunte Wiesenblume nieder. Sie sprach sogar noch ein Gebet für ihren Charliy, unserem Freund, dann war die würdige Trauerfeier beendet.

An den folgenden Tagen sah ich Maria auf dem Weg von und zur Schule durch die Wiese gehen und dort verweilte sie einige Augenblicke bei ihrem Charliy. Sogar ihre Freundinnen beteiligten sich manchmal, machten das Ritual mit und standen in Trauer vereint mit ihr am Vogelgrab.

Das ging einige Zeit so weiter, bis mein Mann dienstlich in eine andere Stadt versetzt wurde. Maria wollte Charliy in ihrem nicht enden wollenden Schmerz ausgraben und in unsere neue Heimat umbetten. Glücklicherweise gelang es mir dann doch, ihr diesen Gedanken auszureden. Charliy – oder was von ihm, wenn überhaupt, übrig ist – liegt nun immer noch in seinem kühlen Grab am Fuße des stattlichen alten Lindenbaumes, und wir werden ihn bestimmt nie vergessen, wozu diese Geschichte einen Beitrag leisten soll.

Mutprobe

Sommer, Sonne, Strand und Wasser, Mittelmeer- oder mediterrane Idylle pur. Was will man mehr? Es ist gerade Mitte Juni und ein sehr heißer Tag in Südfrankreich. Die Wassertemperatur des Mittelmeers betrug aktuell 22 Grad Celsius. Alles wäre wunderbar gewesen, gäbe es da nicht ein Naturphänomen, das manchmal oder zu bestimmten Zeiten unangenehm oder lästig sein konnte. Zeitweise weht von den Bergen her ein spürbarer Wind herüber, den sie „Le Tramontane" nennen. Das Meer wird dabei ziemlich aufgewühlt und bewegt, weiße Gischt peitscht über das Wasser, mittlere Wellen brandeten dabei unablässig an den Strand. Der Sog des zurückfließenden Wassers zur Seeseite hin ist nicht zu unterschätzen. Wenn das auftritt, weckt es jedes Mal in mir wieder eine unangenehme Erinnerung an ein Ereignis, das ich vor Jahren hatte.

Damals hatte ich die Situation ähnlich erlebt wie jetzt. Es war auch in der Zeit Anfang Juni und der Badestrand wurde damals oder so früh im Jahr noch nicht von Rettungsschwimmern überwacht. Zwei Kinder spielten auf einer Luftmatratze, balgen sich, bespritzen sich gegenseitig mit Meerwasser und achteten nicht auf den Sog, der sie mehr und mehr auf das Meer hinaustrieb. Bei einer ruhigen See ist das ungefährlich, denn das Wasser im Uferbereich ist weit hinaus sehr flach und man kann mit geringer Anstrengung wieder den Strand erreichen. Bedingt durch den Wind war das an diesem Tag jedoch anders, der Sog viel stärker und die Wellen gingen sehr hoch.

Die Kinder bemerken die Gefahr erst als sie schon auf die äußerste Boje der Badebucht zutrieben. Geistesgegenwärtig klammerten sie sich an der Boje fest, konnten jedoch mit eigener Kraft nicht zurückkommen und schrien vor Angst aus Leibeskräften.

Irgendwann wurde ich auf die Schreie und das Rufen aufmerksam. Was aber konnte, was sollte ich tun? Der Wellengang machte mir auch Sorgen, und weit und breit war niemand zu sehen, der mir hätte helfen oder mich unterstützen können. Schließlich nahm ich all meinen Mut zusammen und stürzte mich, im Vertrauen darauf, dass ich ziemlich gut schwimmen kann, in die Fluten. Bald darauf hatte ich die Boje erreicht, griff nach der Luftmatratze, stieß sie vor mir her und schwamm mit großer Kraftanstrengung dem Ufer immer näher entgegen. „Haltet euch gut fest, damit ihr nicht ins Wasser fällt", riet ich den Kindern.

Das Manövrieren mit der Luftmatratze erwies sich als gar nicht einfach und kostete meinen vollen Körpereinsatz. Den Kindern sah man die Sorge an, weit hatten sie den Mund geöffnet – und entgegen der sonstigen Gewohnheit sprachen sie kaum ein Wort. Die Aufregung und Angst hatte ihnen wohl die Sprache verschlagen.

Mit größter Anstrengung gelangte ich mit der Luftmatratze im Vorschub nach einer gefühlten Ewigkeit glücklich an Land.

Zuerst fiel ich ermattet in den feuchten Sand. Die Kinder jubelten und waren mir sehr dankbar. Vor Freude umarmten sie mich innig und gaben mir Küsse links und rechts auf die Wange. Nach dieser Anstrengung war es mir noch eine Weile flau und ich benötigte dringend Erholung im Liegestuhl. Die wärmende Sonne tat nun gut und mit geschlossenen Augen versuchte ich den Puls runterzubringen, was in wenigen Minuten dann auch gelungen ist.

„Ob es überhaupt jemand mitbekommen hätte, wenn die Kinder – und vielleicht auch ich – weiter ins Meer getrieben und am Ende ertrunken worden wären?", überlegte ich. Nein, daran wollte ich weiter gar nicht denken.

Der weitläufige Strand von Port la Nouvelle am Mittelmeer

9

Kurzgeschichten von Horst Reiner Menzel (Autor, Aphoristiker)

Das Kind am Bache, eine wahre Begebenheit

Ich war zur Kur in Bad Gandersheim. Meine tägliche Runde verlief entlang eines Baches, dessen Ufer mit hohem Schilf dicht bewachsen war. Mein Blick fiel plötzlich auf irgendetwas Undefinierbares, das sich vor mir in einiger Entfernung im Wasser bewegte. Das machte mich stutzig, ich konnte aus der Entfernung aber nicht ausmachen, was es sein könnte. Einem inneren Instinkt folgend ging ich näher und sah, dass dort ein kleiner Junge von ungefähr fünf- oder sechs Jahren im Wasser lag und verzweifelt versuchte ans Ufer zu gelangen. Ich sprang hinzu, griff den kleinen Burschen an der Jacke, zog ihn aus dem Wasser und wischte ihm mit meinem Taschentuch den Schlamm aus dem Gesicht.

Nun müsste man ja meinen, dass das Kind in Panik geraten wäre. Dem war aber nicht so, denn sein roter Anorak, an dem der Reißverschluss bis oben fest zugezogen war, hatte ihn mit einem Luftpolster über Wasser gehalten. „Wie heißt du denn und wo wohnt du?", wollte ich wissen, bekam aber keine Antwort. Er erzählte nur, dass er am Wasser gespielt hat, und ansonsten hatte ich den Eindruck, er habe die Orientierung verloren. Kurzentschlossen nahm ich ihn an der Hand und ging mit ihm zur Hauptstraße, weil ich wusste, dort befindet sich eine Polizeiwache.

Die zwei anwesenden Polizisten wickelten ihn erst mal fürsorglich in eine dicke Wolldecke ein und dann begannen sie ihn zu befragen. Die Beamten bekamen jedoch auch nicht viel mehr aus ihm heraus als ich. Doch dann fiel ihnen ein Stichwort auf, so etwas wie „Feier". „Mensch", sagte einer, „da ist doch in der Gaststätte >so und so< eine Hochzeit, da gehe ich gleich mal rüber."

Als er zurückkam, brachte er gleich die ganze Hochzeitsgesellschaft mit und das waren nicht weniger wie fünfzig Personen. Alle redeten wild durcheinander, jeder wunderte sich, keiner hatte sich um das Kind gekümmert und so war der „kleine Lausbube" aus lauter langer Weile einfach ausgebüxt. Mutti, Vati, Tantchen und Onkels umlagerten nun den armen, kleinen Burschen und wollten ihn „bemuttern". Jetzt fing er plötzlich an herzzerreißend zu weinen und war kaum noch zu trösten. Es war wohl der Schock, der sich nun löste und den er bisher unterdrückt hatte.

Nachdem er sich wieder beruhigt hatte, wurde ich von den Hochzeitern zur Feier eingeladen, feierlich in das Lokal begleitet und als Lebensretter hochleben lassen. Doch es war mir bald zu viel des Feierns, ich verdrückte mich auf „französisch", genauso wie es der Kleine getan hatte und ging frohgemutes meines Weges.

Erlebnisse einer Vogelfreundes

Wir waren paddeln an der Loire in Frankreich. In einer riesengroßen Parkanlage der Stadt Neuvy-sur-Loire hatten sich anscheinend sämtliche französischen Krähen für den gemeinsamen Flug in den Süden versammelt. Nach meinem Eindruck waren es Hunderttausende. Die als „sehr klug" eingestuften Rabenvögel machten an diesem Platz jedoch solch einen Lärm, dass die ganze Nacht über niemand schlafen konnte. Finstere Gedanken machten sich breit und wir wünschten uns alle ein Gewehr oder eine Kanone greifbar zu haben. Am nächsten Tag waren sie erstaunlich jedoch plötzlich alle weg, spurlos auf und davon. Leider aber ohne den unglaublichen Dreck aufzuräumen, den sie fallengelassen hatten.

Der Sündenbock

Ja so waren und so sind sie, manche liebe Zeitgenossen, egoistisch, rücksichtslos und uneinsichtig, wenn es um sein eigenes Fehlverhalten ging.

Ich war mit meinem damaligen Chef als Technischer Leiter in Sachen Mauertrockenlegung bei Kunden im Saarland unterwegs. Den ganzen Tag über und die darauffolgende Nacht, hatte er dort schon mit seinen Vertretern durchgesoffen, nichts gegessen und war erst um 6 Uhr morgens, als ich bereits aufstand, in sein Bett gegangen. Ich musste mich um die Monteure kümmern, hatte Aufträge zu verteilen und zur Bearbeitung zu geben. Später musste ich bei den Kunden auch noch für die geleisteten Arbeiten das Geld kassieren. Handwerkliche Leistungen wurden damals noch ausschließlich sofort in bar kassiert. Demzufolge trug ich nicht selten dreißig bis vierzigtausend Mark im Lederbeutel mit mir herum und das war in den 50er-Jahren sehr viel Geld – eine große Summe.

Plötzlich erschien ein gewisser Herr Noack, sein Spezi und Vertreter. „Gerd liegt im Krankenhaus und die Ärzte wissen nicht ob er durchkommt, Diagnose Kreislaufversagen." Unverzüglich eilte ich ins Krankenhaus, doch als ich dort um 12 Uhr eintraf, ging es ihm schon wieder leidlich besser. Seine erste Handlung: Ich wurde entlassen, weil ich mich angeblich nicht „um ihn gekümmert habe".

Sofort musste ich die Autoschlüssel abgeben und war sozusagen vogelfrei. Ohne Auto hätte ich mit der Bahn nachhause fahren müssen – und vielleicht auch noch auf meine Kosten? Nichts da, das tat ich nicht. Weil ich eben ein verantwortungsvoller Mensch bin und nicht gleich alles hinschmeiße, ging ich zu Fuß und per Anhalter zur Baustelle und zum Montageleiter Karl Steinert und arbeitete bis Freitag an den Baustellen mit. Mit ihm konnte ich auch mitfahren und kam so nach Hause.

Der Boss war am Wochenende wieder zuhause und dort kam es dann zu einer ernsthaften Aussprache. Er erklärte mir doch tatsächlich: „Ich habe dich extra zu meiner persönlichen Betreuung mitgenommen und du hast deine Pflicht nicht erfüllt." „Wenn ich gewusst hätte, dass du ein Kindermädchen brauchst, wäre ich nicht mitgefahren", antwortete ich ihm direkt und ohne Umschreibung und füge noch hinzu: Merke dir, was ich jetzt sage, das war das zweite Mal, dass du mich rausgeschmissen hast, beim dritten Mal gehe ich freiwillig, aber unwiderruflich." Er hat es dann auch gar nicht mehr probiert als ich 15 Jahre später tatsächlich gekündigt habe und gegangen bin.

Der gestohlene Weihnachtsbaum

Mit dem Nordrachtal und der Kornebene im Höhengebiet verbinden sich bei uns viele angenehme Erinnerungen. Oft genug war sie das Gebiet Ziel für unsere Wanderungen in die Täler, durch das Ohlsbach- Schwaibach- und Mitteltal und über die Höhen des Mooskopfs und anderen Erhebungen oberhalb der

Ortenauer Vorbergzone zwischen Rench- und Kinzigtal. Da benötigte ich keine Wanderkarte mehr. Unterwegs gab es noch einfache Lokale oder Bauern mit Ausschank am Hof, wo dem Wanderer und Gast exzellente Produkte aus eigener Herstellung geboten wurden. Gerne kehrte ich dort alleine oder mit Begleitung zum deftigen Schwarzwälder Vesper ein. Sehr einladend fand ich zum Beispiel das „Jägerstüble", ganz hinten im Tal, wo ich oft saß, mit anderen plauderte und dabei eine Portion Froschschenkel verzehrte. Solche Spezialitäten gehörten damals noch nach guter französischer und badischer Küche einfach ab und zu auf den Tisch.

Kurz vor einem Weihnachtsfest war ich mit meiner Familie wieder einmal dort und tat mich bei hausgemachten Schwarzwälder Spezialitäten bei Schwarzwurst, Leberwurst, Schwardenmagen, Riemlespeck und Bibbiliskäse gütlich. Wo würde sowas wohl besser schmecken wie direkt beim Erzeuger, hergestellt nach bewährt alter Tradition und umgeben von würziger Luft, die nach Tannen und Fichten duftet?

Draußen kam derweil ein veritabler Sturm auf und pfiff und brauste steif über die Wipfel sowie heulend durchs Tal. Krachend brachen bei zahlreichen Bäume die Wipfel und Zweige weg und platschten auf den Boden. Als ich später aufbrach und heimfahren wollte, lagen die Wipfel und Äste quer über die schmale enge Bergstraße. Immer wieder musste ich anhalten und erst die Hindernisse aus dem Weg räumen, sie zur Seite ziehen, damit ich durch- und weiterkam. Dann sah ich vor mir einen abgebrochenen Wipfel auf Weihnachtsbaumlänge liegen. „Der ist genau richtig als Weihnachtsbaum für zuhause", dachte ich erfreut, barg ihn und drückte ihn spontan in den Kofferraum meines Autos. Wegen der Länge ragte er wohl ein Stück aus dem Kofferraum hinaus und der Deckel ließ sich nicht schließen, was aber keinesfalls störte. „Bis nach Hause wird's schon gehen" dachte ich. Plötzlich kam auch schon ein Waldbauer wild gestikulierend angerannt. Vermutlich wollte er das oberste Stück seines Tannenbaumes zurückhaben. Kurzum gab ich Versengeld, stieg schnell in mein Auto und startete durch. Der Wagen rutschte auf dem Schotterweg und nassen Boden etwas weg, die Reifen drehten durch, während der Bauer parallel nebenher lief und mich, den Flüchtenden, aufhalten wollte. Zum Glück gelang ihm das nicht und mein Auto gewann mehr und mehr Tempo; schließlich gab der Waldbesitzer notgedrungen auf.

Die befürchtete Anzeige kam nicht und ich vermute, dass die Tannenzweige das Nummernschild verdeckt haben. Hinterher hatte ich nicht einmal ein schlechtes Gewissen wegen der „frevelhaften Tat". Warum auch, ich hatte ja für die anderen den Fahrweg auf einer längeren Strecke freigeräumt. Somit betrachtete ich den Baum-Wipfel als gerechten Lohn für meinen Einsatz.

10

Gereimte Geschichten in Alemannisch

Von Resi Braun

Revolution 1948 – 1949
So goht's fei nimmi widder

Liebe Liit, i'han'mer grad Gedonke drübber gmocht,
drieber sinniert, was het d'48er-Revolution gebrocht?
Gued, älles was'i do drüber weiss, han'i glese odr ghört,
isch was mer do drüber in'd Schul het glehrt.
Ännewäg, i'kennt do dezu hüt nit grad e'Huffe sage
un au nix b'sunderes zum Thema bidrage.
S'kunnd'mer vun domols fascht nix'me in d'Sinn,
warschins, weil'i halt e'ne Spätgeborene bin.
Userdem isch selli Revolution hundertfufzig Joor her
un'do duet'mr im Erinnere ewängele schwer.

Jo, sisch domols im Ländle drunderscht un'drieber gonge
un do'drum hen d'Liit uffbegehrt, ne'Revolution on'gfronge.
D'Parol het gheise: "So gohts fei nimmi widder",
d'Lunt het brennt fürs Revolutions-Gwidder.
S'Milidär het gmeudert un d'Kerle hen g'funde,
d'Welt het arg nach Ungerechtigkeit g'schdunke.

De klei Mo uf'de Stroß, de'kreuzbrav Handwerker,
si hen nix kett, wie numme Verdruss un Ärger.
D'arme Knecht, d'Bure sin g'folgd willig seller Parole.
Hen abgstimmt mit'de Fiess bi verschliessene Sohle.

Jo do sin'se richdig stur gsi un zackig bi d'Parade.
So'ne Revolution, meinde'se, kennt üs nit schade.
Wenn'se des nochher au hen muesse gründli usbade.
Als Revolutzer hen'si ghofft, kennt'mr mol regiere,
abr s'Barometer stond do scho hart uf's verliere.
Mit'eneme Grossmuul hen'ses gwinne mege,
vun Raschschtad ins Kinzigtal, noch Wolfe ebe.
Si hen alli g'hörig mitgmocht, bi dere Revolution,
s'Fier hett glodert un brennt in'd badisch Region.
Land'uf, Land'ab, iberall hets nur no gärt.

Un'me könnt nit sage, s'hät sich keiner drum g'schärt.
Gerechtigkeit, Freiheit, Briderlichkeit un Revolution,
selli Well isch hin'gschwappt bis on'de Leopolds Thron.
E'Revolution: „Was sinn denn dess blos für Posse?"
Er het eiligschd muese d'Litt un s'Lond verlosse.
Jo hätt mer sellemols schu e'Lauschangriff kennt,
wär so moncher onderscht d'Bach'na grennt.
Abr dezwische het moncher seller Zittgenosse,
scho groß uf'de Sieg e'Humbe leer g'soffe.

Im Seelond het d'r Hecker nit hokebliebe welle,
wott mit'm Kamerad Struve e'Gegegewehr ufstelle.
Het d'Revolution ung'stüm übbers Lond vorwärts triebe
un d'Obrigkeit viehmäßig in d'Finger nie'gschniede.
Übers gonze witte Lond nunder un nuff,
ging onschdändig des Revolutions-Fierle uff.

Vum Necker bis on'd Kinzig isch'mer kumme,
het d'Heckerhut kennt un Heckerlied g'sunge.
S'gonz Volk isch sellemols ufgschreckt gsie,
so konn'mer's überall nochlese hit, un wie.

Moncher Jscholi het arg no mid'de Wölfe bruelt
un bim Franzosenlärm um'd Freiheit g'hüeld.
D'Bure, d'Soldate un d'Handwerkersgsell,
wolle d'Gerechtigkeit, un des uff'de Schdell.
Hen kämpfe welle für d'Hecker un'sinn Zweck,
neigschmisse hen'se sich do in'd badisch Dreck.
Demokradie hense sich uff's Fähnle g'schriebe,
abr' mit'em welle isch's bi sellem Fähnle bliebe.
In Deifels Kuchi sin'si ni kumme, un um Kopf un Krage,
d'r Revolution het bald z'letschte Schdündli gschlage.

D'Hecker häd gern ebbis im Lond bewege welle,
ab'r dapsch nem Hund uf'de Schwanz, fongt'er on belle.
D'Draum vun'de Freiheit isch gli'gsi uströimd,
s'Volk war widder emol d'Dumme un saumäßig g'leimd.
Hätt d'Hecker d'Frau Herrwegs'Mo sinni Legione gnumme,
wär bi dere Revolution villicht ebbes besseris ruskumme.
Abr weisch, mit'so e'hondvoll Litt'le in'e Krieg go'wandere,
d'Schlamassel het zeigts, e'bitteri Niederlag bi Kandere.
Do blieb'd amm'e Seil no'glosse moncher Litt's Bläsier
un sällewäg kumsch au hitt no faschd s'hindertschts'für.

Schu'e ditscher Reichsverweser, d'Erzherzog Johann,
het's Ländle gern g'sähne in Schdrof un Bann.
Konsch schwätze un driele, widders au wotsch,
saisch ebbes falsches, kriegsch eini uf' d'Gosch.
Un denksch jo, so gohts fei nimmi so widder,

un guckschd'r d'Auge us noch'eme edle Ritter.
Drum los'mi go, s'hänge schu gnug schwarzi Wolke,
wo'mer sich fürcht, s'kennt s'Dunnderwedder folge.
Sisch hitt no so, wie vor hundertfufzig Joor,
s'gitt longi Bärd gnug un no monchs grau Hoor.

S'gitt arme un s'gitt saumäßig riche Litt, wälle wäg,
bisch' scho zipfelsinnig odr au no beschdens zwääg.

Des meind halt fir sich d'Res

Der Zug zum Hambacher Schloss 1883

Hambacher Schloss - Südseite (Wickipedia), Schauplatz früherer Demokratiebestrebungen auf deutschem Boden

D'Draum vum siebte Himmel

Vor em'e Dag han'i draimd, un des mueß'i'dr verzelle.
Ihr kennd d'Ohre spitze un uf Empfang jetzit schdelle.
I bin gschtorbe gsie, schtellet euch des emol vor,
un stond drobe vor'm besagde Himmelsdoor.

E'huffe Litt sinn allewiel scho dort'drin gwä.
Am liebschde häd'i mi gli'widder umgedräh.
Un'en mords'Gschrei hen Liit do drin uffgfiert,
d'Petrus het nemlich grad Seele us'sordierd.

D'Bösi gen noch links, d'Brav noch rechts,
un'i denk'mer debi au gar nix schlechts.
Uf aimol brield's her'zu'mr, lutt un wie:
„Die derd", un zeigt uff'mi „jo, do de'hinde',di."

Di'sott mol gli'doher un zu'mr kumme,
d'Litt fonge'o'z'muele on duen brumme.
Wer isch denn di'do, han'i no rusg'hert,
ab'r was soll'i' froge? S'war's e'nitt wärt.

S'war mer au grad gli und einerlei,
bin käb on alle hinde g'schwind vorbei.
Do vorn am Schalter, dort an'de breid Dier,
said d'Petrus donn au scho glei zu mir:

„Bisch eine vun uns, no gang glich ni,
do drinne wird schu no e'Plätzli für di'si".
Als'i donn in d'Saal ni'g'laufe bin,
ware dert ab'r nur Diplomade drin.

Henn g'schwetzd üb'r d'groß Weldpolidik,
vun mehr oder wenige arg'fulli Drick.
Vun d'CDU, SPD, ja sogar d'bairisch CSU,
i'denkmer'debi, nai, do kersch nit dezu.

Im zweite Himmel, o'Kraus un Schande,
do ware ludder eh'mol'gi Mineschtrande.
Die henn' g'lacht, rumdobt un' lutt kreischt,
dass e'braver Mensch dobi grad'so erbleicht.

Villicht dert hinde, un'e Schdockwerk höher,
gitts für unserains do scho ebbis eher.
Gosch gli'mol's Drepple wellewäg do nuff
Un obe moch'i gonz sacht s'Dierle uff.

Donn guck i'nei un'werd grad verrückd,
ludder Schweschtere sinn do un gonz vezückd.
Tief versunke sin'si gsi in s'ernschdhaft Gebäd,
hen dobi d'Kepf un d'Auge schu arg verdreht.

Nei, nei, in selle Himmel bass'i au nitt ni,
en Schdöckle höher, kennts villicht besser si.
Im vierte Himmel, sisch nitt normal,
schwarz vun Pfarrer, war d'gonze Saal.

Di henn g'schriebe un lutstark predigd,
Mensch, i'war ferdig un richtig erledigt.
Ehrfirchtig hon'i'mi donn niederduckt,
denn oiner hett'schu bös zu'mr ribber'guckt.

Donn brielts: „Gong nuss, bisch'nit recht g'schitt,
sieh'sch doch, m'henn jetzit für'di kei Zitt.
Im fünfte Himmel, des het'mr grad'no g'fählt,
ludder Bischöff sin drin gsi, un wichtig' Kardinäl.

Bim sechste Himmel, do denk'i'mr doch,
i'guck erscht emol kurz durchs Schlisselloch.
Jo verreksch doch, was soll'i euch dozu sage,
nur Päpscht wärre dert in'de Sänfd rum'drage.

G'laufe isch fun denne'dert abr'r au keiner;
Si wärre rumgschleift vum Sepp un vum Heiner.
So langsom kenn'i mi fei nimme us,
wo'no lauft des'do am End no druf'nuss.

D'Petrus het doch gsait: „Gong numme'ni".
Nu glaub'i, des mießet e'Irrtum gwä'gsi.
Gonz drurig bin'i do'so longsom worre,
donn dringt ebbis onders an minni Ohre.

Vum siebte Himmel, gonz obe underm Dach,
vun dert kummt'er her, d'Lärm un Krach.
Jetzid denk'i, des kennt's si, bas'emol uff,
zwei Dreppe uf'einmol, nix wie do nuff.

Vor'mr war nur'no ei einzge, die letschti Dier,
do guck'i nei un jo was? Jo, do hocket alli ihr.
Ihr'hen gschungeld, drunke, dobi lutt g'lacht,
dass fascht'di gonz Bude isch'no zammekracht.

Lieb'Liit, des war'e G'wusel un G'wimmel,
im letschte do, vun alle, im'siebde Himmel.
E' baar henn mr'do gli zugruefe un gwunke,
sisch gveschbert wore, abr au arg viel drunke.

S'Bier, de Wii und monch Kriegle Moscht,
wurd do wegbuzt, weil's jo au nix koscht.
Bruch'sch'di desweg au übrhaubt nitt schäme,
vun denne Sache konnsch'dr gnueg näme.

Brusch'au nit drüber long dischbediere,
konnsch un därfsch von allem ebbis probiere.
D'Peter het'mi au ball'scho enddeckt
un het sinni e'Finger zu'mr hin g'streckt.

Said zu'mr: „Endlich kummsch jo zum Glück,
do hock'di her, un moch mit uns mit."
„S'isch grad ni so scheen gsi wie ebbe hitt,
doch'i habs nur dräimt ghet, ihr liebe Liit."

„Draim sin Schäum", hörd'mr d'Volksmund sage,
Visionen sinn Illusionen, on'Zukunft un Grundlage.
Doch schön war'er doch, mei Blick in'selle Saal.
Desweg isch'e nedder Draum fei für'mi kei Qual.

Fachwerkhaus „Siebter Himmel" in Burgheim (Kaiserstuhl)

Licht am Ende des Tunnels

S'het g'schdunke

Mei Freindin het'mr unlängscht ebbis vezellt un sich dodebi als e'granademässige Deische hingschdellt. Sie het'mr beicht: Sit'eni paar Däg hett'si so'e undeffinierbarer Gschdank in'de Chuchi ghett un isch nitt dehinter kumme, welcher Grund des habbe kennt, denn immer, wenn'si uff ihr Bänkle no'ghockt isch, do hetts gmuffelt, wie nach'emme dode Fisch.

D'gonz Chuchi, sommt'em Chuchichänschterle hett sie penibel butzt, abr ännewäg hett's eifach nix gnutzt. Si hett au nitt vegliggert, wos herkumme kennt, was'es wott'si. „Kei Wonder, dass'i do gonz s'hinderschtfieri worre bin", het'si gmeint.

Schdinke däts jo au nur zittwies, abr donn widder wie noch'eme Nescht dodi Mies. Si hett sich uff ihr Bänkle no'ghockt und üwerlegt: „Des goht mr'zwitt, zum Dunderwedder, i'bins doch fei nitt." Un sie isch schu gonz vezwazzelt'gsi. Do isch ihri Schweschder uf B'such kumme un hett de'Duft au glie usgmocht. Si meint, s'schdinkt wie noch fulle Herdäpfel. „Hesch villicht Grumbiere irgendwo veschdeckt?"

Do sait minni Freindin nur no, „do verreksch", denn under'm Bänkle am Chuchidisch, genau do steht schu sit'ner Woch d'Erdäpfelkischt un sitt'e baar Dag hett sie keini me brucht un au nimme nieguggt. Gschwind zieht'se d'Kischt unte'rus. D'meischt Grumbiere sin scho total full gsi un direkt Mus. E'Gschdonkt mocht sich do us'de Kischt rus breit, wie'n Schapf voller Gille. Un d'Schwester het gmaint: „Des isch doch jetzit abr au zum Brüele, jetzt hocksch scho sitt'erer halbe Woch uff denne Erdäpfel druff un kummsch nit uff d'Grund worum's so elendiglich müffelt, wo d'Gschdonk herkumme kennt."

D'Freindin said z'letscht zu ihrer Schwester: „Des derfscht fei keinem verzelle. Wer wott sich abr au so bled onschdelle. Do hock'i uff minnem Bänkli do, han elles gued sordiert un bin vor'dr grad mordsmäsig blamiert."

Fazit: Schdinkt'r ebbis, no gong d'Sach uff d'Grund, suech gonz allei s'Übel, bevor d'lieb Nochber odr jemond onderers zu'dr kummt und du bisch blos blomiert.

Der einsame Flötenspieler

11

Amseltreue

Seit Jahren ist uns ein Amselpaar treu,
neugierig sind sie und keineswegs scheu.
Im Frühling sitzen sie auf des Daches Zinne,
zwitschern ihr Lied gleich einem Minne.

Melodisch, so klingen des Paares Weisen,
wollen hell den jungen Morgen anpreisen.
Im Sommer streiten sie und zerren mit Fleiß,
um Würmer, Käfer und Muckeg'schmeis.

Ihr Nachwuchs, nur Mutter Natur sah zu,
bekam geduldig Erziehung in Moll und Dur.
Wurden erzogen im Geben und Nehmen,
im Sein oder nicht Sein, eben Vogelthemen.

Der Herbst, hohe Zeit für gefiederte Vögel,
heißt Abflug und weiter Weg in den Süden.
Doch unserm Amselpaar samt den Kindern,
vermag hier des Winters Plage nicht hindern.

Sie laben sich am Wasser, genießen den Platz,
finden Futter genug für sich und den Schatz.
Naht der Winter mit Sturm, Schnee und Eis.
Zeigen sich Gärten im jungfräulich' Weiß.

Das Amselpaar genießt Terrasse und Balkon,
teilen sich Körner mit Tochter und Sohn.
Schätzen den reichgedeckten Futterplatz,
leben mit Ihresgleichen ohne Sorg' und Hatz.

Im Glück überwintern, heißt nun die Devise.
Im Blick behalten den Garten, die Wiese.
Glückauf unserm treu-lieben Amsel-Paar,
das uns Freude bringt, schon Jahr für Jahr.

Amseltod

Sonntags war es, ich wach und bei Sinne.
Von draußen vernahm ich eine Vogelstimme.
Erreichte mein Ohr, drangen bis ins Haus,
ich öffnete das Fenster und sah hinaus.

Mein Blick fiel auf eine Amsel, ich wette darauf,
die bewusste Frau Amsel sah flehend herauf.
Die Angetraute des Amselpaars, ich war platt,
hüpfte herbei, wirkte so müde und matt.

Zwitscherte piepsende Töne, klagend, benommen,
meine Antwort darauf, hat sie wohl vernommen.
Untern Rhododendron-Busch schnell gekrochen,
der ihr Heimstatt war, seit vielen Wochen.

Ich hörte Laute, wie vom Winde verweht,
klagendes Flehen das zu Herzen geht.
Befürchtete, der Vogel ist dort Todeskandidat,
wenn jetzt noch des Nachbars Katze naht.

Bevor ich mich zum Kaffeetisch aufmachte,
hörte ich die Vogelstimme noch ganz sachte.
Was weiter geschah, ich kann es nicht sagen,
höchstens noch vage Prognosen wagen.

Vom Kaffeeklatsch nach Hause gekommen,
dachte mir nichts, noch ganz versonnen.
Abend ist's geworden, die Amsel sicher ruht.
Gesättigt am Tag, es geht ihr ganz gut.

Kurz vor der Haustüre, welch ein Schreck,
sah ich die Amsel tot hingestreckt.
Warum lag sie hier im letzten Abendlicht?
So nahe an der Tür'. Suchte sie mich?

Tat einen letzten Dienst dem treuen Tier,
wickelte das Sterbliche in Zeitungspapier.
Nahm die leblose Amselfrau sodann,
war ganz in Gedanken beim Amselmann.

Trug sanft den vergänglich-irdischen Rest,
gab ihn ins Gartengrab im bemoosten Nest.
Sie wird mir fehlen, schaue ich hinauf.
Mensch, wie Tier ist begrenzt der Erdenlauf.

Herbstnebel in der Rheinebene und Ortenau

Eiscafé Italia

In unsere Stadt gibt's einen schönen Platz,
wo sich trifft Sie und Er, Freundin und Schatz.
Nette Leute finden sich in Gruppe ein,
bei Kaffeeklatsch im warmen Sonnenschein.

Taffe Senioren treffen sich in ihrem Kreis,
mit Rollator und Stock, wie mancher hier weiß.
Sogar Muttis und Großeltern kommen gern her,
im Sommer ist hier kein Tische mehr leer.

Doch halt, da gibt's noch Bänke in der Runde,
die besetzt werden dürfen zu jeder Stunde.
Genüsslich und versonnen wird gerne verspeist,
aus Becher oder Tüte ein, zwei Kugeln Eis.

Es lebt sich gut mit Oma oder Großpapa,
da ist der Kinderhimmel niemals in Gefahr.
Selbst für eine lange laue Sommernacht,
wurden Kreationen für die Sinne erdacht.

Sterne am Himmel, es ist Romantik pur,
dazu Klänge mit Rhythmus in Moll und Dur.
Da ist ein Bächlein, für das Kind ein Ozean,
ein leichter Windhauch wird zum Orkan.

Da gibt's den Becher, der zum Schifflein wurde,
in die Welt zu segeln, in traumhafter Route.
Doch kommt die Zeit der Herbstzeitlosen,
kehrt Wehmut ein, bei Kleinen und Großen.

Ruhig ist dann am Johannesplatz in Bühl.
Die Tage werden kürzer, die Nächte kühl.
Nun, wo hier die Herbstwinde wehen,
sind nur wenig besetzte Tische zu sehen.

Sie beherbergen jetzt solche, die unverdrossen,
mutig steht's auf bessere Zeiten hoffen.
Sie halten am beliebten Treffpunkte fest,
bis kühle Herbstnebel ihnen geben den Rest.

Aber die Hoffnung trägt Schwanger fürs nächste Jahr:
Wir sehen uns wieder im Eiscafé Italia, na klar.

Johannesplatz in Bühl und im Stadtpark

Konversation im Park

Bei mildem Sonnenschein und Vogelsang,
bummel ich gemütlich den Parkweg entlang.
Ich finde eine Bank um dort auszuruhen,
wollte etwas für meine müden Beine tun.

Schnell setz ich mich nieder, schau mich um,
da schräg gegenüber; o wie dumm,
sitzen eins, zwei Jolly, nein sogar drei,
mit einem Sixpack Bierflaschen dabei.

Ich schaue rüber und wende mich weg,
denke bei mir, „ach du großer Schreck".
Kommst hierher um dich auszuruh'n,
hast mit den Säufern doch nichts zu tun.

Ich sitze, höre Stänkerei von der Seite,
denk, „da such' ich besser das Weite."
Dennoch harre ich aus auf der Bank,
es war am End' richtig: „Gott sei Dank".

Von ihnen wollte einer nur einfach reden,
hat mich um ein offenes Ohr gebeten.
Erzählte lange von seinem Jammertal,
das Bier in der Flasch' war sicher schon schal.

Sprach von Willkür, Behörden, leerem Magen,
erging sich seufzend in bitterem Klagen.
Vergessen war mein Wille zum Weitergeh'n,
Herz und Gefühl begann zu verstehen.

Dort wo Kummer, Sorg' und Herzensnot,
dir wird zum harten alltäglichen Brot,
da greift so mancher brave Mann, (Frau),
schon gerne zur Flasche dann und wann.

Doch ist das Leben nur noch eine Qual,
trinkt so ein Armer nicht nur minimal.
Unterliegt sehr schnell dem Teufelssog,
wird hineingezogen bald in Elend und Tod.

Es gab weder Antwort auf seine Fragen,
nicht zu seinen Mühen, Plagen und Klagen.
Was sollte ich auch dem armen Mann sagen?
Und den Menschen, die auf der Straße lagen.

Doch ich hatte einem Menschen zugehört,
mich nicht am Äußeren zu sehr gestört.
Ihr Sein und Leben habe ich vernommen,
dann bin für mich zum Resümee gekommen:

Krone der Schöpfung, uns Menschen man nennt,
hoch kultiviert, sehr taff und super-intelligent.
Doch eines ist für mich klipp und klar, es zeigt,
das Elend mancherorts zum Himmel schreit.

Sicht einer Saatkrähe

Meine Heimat ist Bühl, eine urbadische Stadt,
Menschen sind Nachbarn, wie sie Tausende hat.
Sie plagen sich, eilen tagaus und tagein,
hinterlassen viel' Speisen, die uns munden fein.

In Gruppen leben wir nach Krähenart zuhauf,
die Natur will es so, das ist unser Lebenslauf.
Kraah, Kraah, Kraah, landauf und landab,
wir schauen gerne, wo's gute Nistplätze hat.

Wir lieben hohe Bäume, finden sie schick,
haben die kleinen Verwandten stets im Blick.
Die Brut an gefiederten Sänger, na ist doch klar,
ist uns begehrte Nahrung für die Kinderschar.

In weiter Flur laut unser Warnruf erschallt,
längst schon bevor die Büchse des Jägers knallt.
Und hat Frau Krähe einen Freier gefunden,
wird Hochzeit innerhalb weniger Stunden?

Schwestern, Brüder, Onkel und Tanten,
die Schar schwarzgefiederter Anverwandten,
besuchen uns im Wohnbaum okay, sogar schön
hoch oben, da droben in rauen Windes Höh'n.

Ein gedeckter Tisch, ach das tut uns gut,
dringend benötigt für unsere schwarze Brut.
Täglich zu füllen der Jungen gieriger Schlund,
gibt für manche Nachtschicht guten Grund.

Wollen sehen, was in anderen Nestern ruht,
was passt uns als Nahrung für die eigene Brut.
Denn fehlt es an Mäusen, Würmern die Menge,
schlägt unsereins gern mal über die Stränge.

Und „Kräh-Kräh" flugs wie der tosende Wind,
wird geraubt gern ein hilfloses Vogelkind.
So vermehrt sich unsere eigene Krähenschar,
satt gefüttert, gesetzlich geschützt, Jahr um Jahr.

Oft haben die Menschen uns schon verflucht?
Und mit allerlei Tand vergeblich versucht,
uns aus der einladenden Stadt zu vertreiben,
doch uns stören weder Bänder noch CD-Scheiben.

Über Knaller, Schüsse, andere unnütze Sachen,
da können wir Krähen nur herzhaft lachen.
Eine Möglichkeit uns vielleicht zu vertreiben,
wäre, den Bäumen die Kronen zu beschneiden.

Solches ist wahrhaft oft schon geschehen,
sollten wir nicht einfach von dannen gehen.
Dann suchen wir ne' anderen Baum in der Stadt,
oder am Waldessaum, wo's ganz hohe hat.

Als Herrscher der Lüfte steht unser Sinn,
nach einer Wohnung zwischen den Zweigen.
Für unseren Nachwuchs ist jeder Wipfel ein Gewinn,
Platz für ein Nest gibt's in Pappeln und Weiden.

Der stolze Rabenvogel – eine Saatkrähe

12

Von Walter W. Braun (Autor)

Total verschätzt

Fritz war seit seiner Jugendzeit ein echter Auto-Freak und ein ganz speziell auf die Marke „BMW" fixierter Fun. Nun stand sein Sinn nach einem neuen und noch stärkeren Modell. Nur, der nach guter Beratung vom Fachmann des Autohauses ausgewählte und schließlich bestellte Typ hatte eine Lieferzeit von 4 Monaten. Sein bisher gefahrenes Auto war zwar erst fünf Jahre alt, doch der Tacho zeigte schon 150'000 Kilometer. Mitte der 70er-Jahre des letzten Jahrhundert durfte man noch nicht mit den üblich sehr langen Laufleistungen rechnen, wie sie heutzutage zu erwarten sind, oder gar vergleichbar mit einem Dieselmotor, der locker schon mal 500'000 und mehr Kilometer Laufleistung in einem Autoleben übersteht. Demzufolge trieb Fritz die Sorge um, der Motor könnte schlapp machen, bevor sein neues Auto da ist und fahrbereit vor der Türe steht. Deshalb entschied er sich, unverzüglich das alte Auto abzustoßen, zu verkaufen und stattdessen für die Überbrückungszeit einen billigen Kleinwagen als Ersatz zu erwerben.

Gesagt, getan, Fritz inserierte in der regionalen Tageszeitung und fand schnell einen Interessenten für seinen gepflegten Gebrauchten. Schon bei der Besichtigung glänzten seine Augen und Fritz war es sofort klar: „Der ist scharf auf mein Auto." Ohne

Wenn und Aber akzeptierte er den geforderten Kaufpreis, bekam das Auto, bezahlte in bar und fuhr zufrieden davon.

Bei der Suche nach einem billigen Ersatzwagen fand sich im Kinzigtal auch schnell ein „Mini Cooper", der für 750 Mark angeboten worden war. Der Kleinwagen erwies sich als fahrbereit hatte noch für ein Jahr den TÜV. Der Kaufpreis war dem optischen Zustand entsprechend akzeptabel und so wurden sich beide Seiten schnell einig.

Die Marke „Mini Cooper" hatte zu jener Zeit Kultstatus. Schnell stellte sich aber heraus, das Überbrückungsfahrzeug war eher ein Auto für Abenteurer und nichts für schwache Nerven. Erstens saß man als Fahrer sehr tief; kam sich vor, als wenn man direkt auf der Straße sitzen würde. Mehr Tuning ging nicht. Etwas übertrieben gesagt, hätte man damit glatt unter einem LKW durchfahren können, ohne anzuecken. Zudem wurde Fritz immer wieder von diversen Defekten oder nervigen Mängel überrascht. Zuerst ging die Kupplung in die Knie. Wegen der übersehbaren Fahrdauer bis zur Lieferung des Neuen wollte Fritz nun nicht in eine Austauschkupplung investieren und versuchte trotzdem so weiterzufahren. Das konnte und ging nicht lange gut. Beim Start im zweiten Gang – das war schon ein Notbefehl um nicht gleich den Motor abzuwürgen – machte das Auto Sprünge wie ein Känguru. Wohl oder übel musste Fritz den Kleinwagen dann doch in die Werkstatt zur Reparatur geben und in den sauren Apfel der fälligen Reparaturkosten beißen.

Kaum kam der „Mini Cooper" danach aus der Werkstatt, war Fritz gerade von zuhause losgefahren, stieg ihm beißender Rauch in die Nase. Solcher stieg unmittelbar an der an Lenksäule empor und es roch penetrant unangenehm nach verbranntem Kunststoff. Was tut man in einem solchen Fall? Fritz steuerte sofort rechts an den Straßenrand, hielt an und stellte die Zündung aus. Beim Griff an den Zündschlüssel zischte es, als würde man Fleisch in der Pfanne braten, und schon hatte sich Fritz unangenehm den rechten Daumen und Zeigefinger schmerzhaft bös verbrannt.

Beim älteren „Mini Cooper" war das Zündschloss frei zugänglich an der Lenksäule befestigt und es gab keine Verkleidung daran. Der Zündschlüssel hing an einem Schlüssel-Mäppchen mit Drahtklemmbügel. Dieser Drahtbügel hatte mit einem Kontakt am Zündschloss Berührung bekommen und damit den Stromkreislauf überbrückt. Der Gleichstrom erhitzte sämtliche verbundenen Metallteile einschließlich des Zündschlüssels und der glühte wie ein Zigarettenanzünder. Dabei ist der Kunststoff des Schlüsselmäppchens qualmend weggeschmolzen und tropfte nach unten auf seine Schuhe. Der rotglühend heiße Zündschlüssel war es, der Fritz bei der reflexartigen Berührung schmerzhaft die greifenden Finger verbrannte.

Nach rund vier Monaten Wartezeit durfte Fritz endlich das neue Auto zugelassen in Empfang nehmen. Nun verkaufte er sofort den „Mini Cooper". Dafür erzielte Fritz genau den Preis, den er bei der Anschaffung ausgegeben hatte. Nur – und das war ungeplant – die zwischendurch angefallenen Reparaturkosten summierten sich auf über 1000 Mark und waren mithin verlorenes Geld – oder Lehrgeld für eine neue Erfahrung.

Drei Jahre vergingen und eines Tages hielt Fritz mitten in der Stadt vor einer roten Ampel. Der stolze Käufer seines Gebrauchten, den er damals mit der Befürchtung abgestoßen hatte, der Motor würde kaputt gehen, stand in der Spur neben ihm, kurbelte das Seitenfenster herunter und rief Fritz mit breitem Grinsen zu: „Das Auto hat schon über 300'000 Kilometer und immer noch den ersten Motor." Was lernen wir daraus? Fritz hätte sich mit einem gewissen Optimismus die Episode mit dem „Mini Cooper" ruhig ersparen dürfen. „C'est la vie", sagen die Franzosen: „Das ist das Leben."

Wie die Dramaturgie des Lebens so spielt: Im Jahre 2001 wurde die Firma Cooper im BMW-Konzern integriert und den „Mini-Cooper" gibt es heute noch in vielen unterschiedlichen Varianten.

Die verschwundene Jacke

Mitte der 70er-Jahre des letzten Jahrhunderts war es in Unternehmen durchaus üblich, Löhne, Gehälter und Provisionen statt in bar, mit einem Barscheck zu bezahlen. Das hatte den Vorteil, der Empfänger konnte sofort über das Geld verfügen, denn Überweisungen dauerten damals durchaus eine Woche und länger. Der Scheckempfänger reichte das Papier bei der eigenen Bank als Verrechnungsscheck ein und ließ ihn seinem Konto gutschreiben. Dann war die Summe am nächsten Tage verfügbar. Stattdessen konnte er aber auch den Barscheck bei der bezogenen Bank vorlegen und bekam die Summe sofort in bar ausgehändigt, ohne dass nach dem Namen nachgefragt wurde oder die Berechtigung des Einreichers geprüft wurde. Der Vorlegende musste den Scheck nur auf der Rückseite mit seiner Unterschrift girieren. Solange der Scheck nicht gesperrt war, spielte es somit keine Rolle ob sich das Papier zu Recht oder nicht im Besitz des Einreichenden befindet.

Ein Offenburger Unternehmen beschäftigte Dutzende Vertreter – so nannte man noch allgemein die im Außendienst und Verkauf beschäftigen Mitarbeiter – und die bekamen für Vertragsabschlüsse in der Regel sofort die Provision ausbezahlt. Pro Auftrag lagen solche Provisionen im Durchschnitt über 300 Mark. Das war für die immer geldknappen Vertreter Anlass genug, sofort den Auftrag im Unternehmen abzuliefern und sich die Provision per Barscheck geben zu lassen.

Das ging so weit, dass manche Vertreter sogar noch spätabends beim Verkaufsleiter zu Hause klingelten und einen Auftrag brachten. Für solche Fälle – und auch wenn sowohl der Chef, wie der zeichnungsberechtigte Prokurist nicht im Büro anwesend waren – hatte er eine gewisse Anzahl blanko unterschriebener Barschecks im Besitz.

Nach geschäftlichen Besuchen und Reisen liebte es der Chef, abends noch in eine Bar einzukehren und natürlich musste seine Begleitung mit. Dann wurde es allgemein spät in der Nacht für die Heimkehr. So war es wieder einmal an einem Freitagabend. Der Verkaufsleiter Buchholz begleitete den Chef und sie landeten anschließend sehr spät in einem Offenburger Lokal. Bei kurzweiliger Unterhaltung diskutierten sie mit anderen Gästen, tranken Bier und Cognac oder Whisky und blieben bis gegen 3 Uhr morgens an der Bar hängen.

Beim Aufbruch stellte Buchholz mit Schrecken fest, seine Jacke, die er hinter sich an der Lehne des Barhockers abgehängt hatte, war verschwunden. „Sie kann nur geklaut sein", so seine Befürchtung. In der Innentasche hatte er seine Brieftasche mit Notizen und diversen Adressen, aber auch fünf blanko unterschriebene Barschecks. Schlagartig war Buchholz nüchtern und fand in der restlichen Nacht keinen Schlaf mehr. Zu groß war seine Sorge, die Schecks könnten in falsche Hände geraten sein und postwendend zu Bargeld gemacht werden.

Die Hausbank unterhielt mehrere Geschäftsstellen und auch solche, die am Samstagvormittag geöffnet hatten. Frühmorgens fuhr Buchholz zur Bankfiliale und stand zu Öffnung vor der Tür, begab sich sofort zum Schalter und lies alle Schecks sperren. Insgeheim hoffte er, dass nicht schon welche an einer anderen Geschäftsstelle vorgelegt und ausbezahlt worden waren. Barschecks waren damals so gut wie bares Geld, jedermann konnte sie problemlos im Bereich der Hausbank vorlegen und bekam ohne Namen und Nachfrage die Summe ausgehändigt.

Nachmittags um 17 Uhr öffnete die Bar wieder ihre Pforte und kurz darauf wurde Buchholz telefonisch informiert: „Die Jacke ist wieder da", berichtete der Wirt. Ein Gast hatte sie beim Verlassen des Lokals verwechselt und versehentlich mitgenommen. Nun hatte er sie zurückgebracht. Die Brieftasche war unangetastet, die ganze Aufregung somit umsonst gewesen.

Aber so war es allemal besser, denn wenn die Jacke mit Inhalt in falsche Hände gekommen wäre, hätte es unter Umständen dem Verkaufsleiter sein Geld gekostet. Er hätte mit Sicherheit für den Schaden aufkommen müssen, denn dass der Chef an der Situation eine gewisse Mitschuld trug, spielte für diesen nur eine untergeordnete Rolle.

Späte Rache

Werner war ein jugendlicher Hitzkopf und konnte sich mit seinen zwanzig Jahren manchmal wie ein Hirsch in der Brunft aufführen. In der Freizeit und an den Wochenenden zog er gerne mit einem oder mehreren Freunden und Gleichaltrigen seines Bekanntenkreises über die Dörfer des Mittleren Kinzigtales.

Es ging dem Herbst zu, und da findet in Nordrach, Unterharmersbach und Oberharmersbach alljährlich die traditionelle Kilwi (Kirchweih) statt. Bei solchen dörflichen Festen ist allgemein die ganze Bevölkerung der Täler auf den Beinen. Da traf sich die weitläufige Verwandtschaft, man feierte mit Bekannten ein Wiedersehen und traf sich nach dem Umzug oder der Prozession im eigens aufgestellten Festzelt, wo die Musikkapellen aus dem Dorf und der Umgebung aufspielten. Dabei floss das Bier in Strömen und diverse Schnapsrunden lockerten die Zunge.

An einem der Wochenenden hatte Oberharmersbach ihre Kilwi und Werner stand danach der Sinn dort zu verweilen. Mit zwei Freunden trat er am schönen, sonnigen Sonntagnachmittag im August ins Festzelt ein, mit der Absicht sich zu amüsieren und auch ordentlich einen über den Durst zu trinken. Kaum hatte er das Zelt betreten, bekam er einen Faustschlag ins Gesicht. Dem Hieb hatte er reflexartig noch ausweichen wollen, stürzte dabei aber so unglücklich rückwärts, dass er sich einen komplizierten Beinbruch zuzog. In der Folge lag er wochenlang danieder, war krankgeschrieben und arbeitsunfähig, was neben den Schmerzen und dem Ärger zusätzliche Lohneinbuße bedeutete.

Er selbst hatte weder einen Anlass für einen Streit gegeben, noch war er Beteiligter an der Auseinandersetzung. Vermutlich war er nur gerade zur falschen Zeit am falschen Ort. Von dem Verursacher kannte er weder den Namen noch seine Adresse; nur sein Gesicht, das hatte sich unauslöschlich in seinem Gedächtnis eingebrannt.

Wegen der Schwere der Verletzung hatte er sich nach dem Malheur auch nicht direkt darum kümmern oder nachfragen können, wer der Verursacher, der Schuldige war, denn der Krankenwagen brachte ihn direkt ins Zeller Krankenhaus. Seine Freunde hatten sich wohl auch nicht darum gekümmert und auch ihnen war der Schläger unbekannt. Keiner wusste, um was es überhaupt gegangen ist. Und der Kreis um den Verursacher hatte sich schleunigst aus dem Staub gemacht.

Ein Jahr nach diesem unschönen, schmerzhaften Ereignis kam Werner er in das kleine Dorf Prinzbach. Am Fuße der Ruine Geroldseck ging er in eines der Gasthäuser im Ort – und wen sah er dort am Stammtisch sitzen? Richtig, der Übeltäter vom Jahr zuvor. An sein Gesicht konnte er sich nur allzu gut erinnern. Wutentbrannt stürzte er sich wie ein wild gewordener Stier auf den Burschen los und schlug ihn krankenhausreif.

Sein Verhalten hatte leider ein übles Nachspiel und unangenehme Folgen, es kam zu einer Gerichtsverhandlung. Der Richter erklärte dort Werner klipp und klar, dass er durchaus den Namen des Mannes hätte feststellen dürfen und hätte dann in einem Zivilprozess Schadenersatz fordern können. Selbstjustiz zu üben, das war und ist aber nicht erlaubt. Die Tat wurde mit einer Geldstrafe von 2500 Mark wegen Körperverletzung geahndet. Die Betriebskrankenkasse des Geschädigten meldete sich postwendend ebenfalls und forderte über 2000 Mark als Erstattung von verauslagtem Krankengeld und weiteren Kosten.

Zur Strafe und Schadenersatz kamen zudem noch die nicht unerheblichen Gerichtskosten, wie die Kosten der Rechtsanwälte beider Seiten. Insgesamt summierte sich das zu einem hübschen Betrag, dessen Ursprung eigentlich nur der Wunsch war, die Oberharmersbacher Kilwi zu besuchen und sich einen schönen Sonntagnachmittag zu machen. „Do fallsch doch glatt vom Glauben ab", schimpfte Werner über diese hundsgemeine, himmelschreiende Ungerechtigkeit.

Drei Originale in der Sauna

Regelmäßig wöchentliche Sauna-Besuche gehörten samstagnachmittags für mich seit Mitte der 60er-Jahre zum festen Ritual, so wie das Amen in der Kirche. Mein Slogan in der Familie war: „Der Samstagnachmittag gehört mir." Das war für mich Erholung und Urlaub zugleich und alle haben es akzeptiert. In der übrigen Zeit durften sie uneingeschränkt über mich oder meine Zeit verfügen und mich einplanen, wenn ich nicht im Beruf oder im kirchlichen Auftrag aktiv sein musste.

Nachdem wir in den 80er-Jahren in Bühl sesshaft wurden, besuchte ich mehr wie zwei Jahrzehnte als Stammgast die bekannte Sauna Stemmle-Koch. Sie bestand schon über ein halbes Jahrhundert und es hatte sich längst ein netter Kreis von Stammgästen gebildet, mit denen sich trefflich über Gott und die Welt diskutieren ließ. Zu ihnen zählten unter anderem drei wahre Urgesteine, von denen ich hier berichten will.

Wortführer war meistens der schon etwas betagte Hermann aus Altschweier, einem wichtigen Bühler Ortsteil und Hochburg für Wein- und Obstanbau. Ehemals war Hermann von Beruf Bodenleger und betrieb seit seinen jungen Jahren ein eigenes Geschäft mit Markisen, Gardinen und anderem. Natürlich war er nebenher noch Obstbauer, verkaufte Bühler Zwetschgen und hatte einige Hektar Reben in den besten Altschweirer Steillagen. „Diese waren so steil, dass ich mir vom Schmid habe Steigeisen für die Schuhe machen lassen", erzählte er öfters, mit dem Hinweis darauf, wie schwer es ehemals die Winzer am Sternenberg und in anderen Gewannen unterhalb des Schartenbergs hatten.

Mit zunehmendem Alter, bei schleichender Demenz, erzählte er immer und immer wieder die gleichen Anekdoten, unter anderem, wie er 1948 seinen ersten Mercedes kaufte und ihn natürlich direkt im Werk in Sindelfingen abgeholt hat. Mit diesem Auto fuhr er dann regelmäßig ins Schwäbische und kaufte dort billige Waren für sein Geschäft ein, oder er verkaufte eigene Produkte aus der Landwirtschaft, vornehmlich Zwetschgenwasser und dabei erzielte er satte Gewinne. Natürlich schwang bei seiner Schilderung in seiner Stimme ein gewisser Stolz mit, wie er die cleveren Schwaben austrickste und ordentlich übers Ohr gehauen hat. Und da waren dann noch die Schwäbinnen, die ihn oft zu gerne zum längeren Verweilen überreden wollten. „So einen wie dich könnten wir gut gebrauchen. Bleib hier, bei uns verdienst du auch dein Geld und hast es gut", lockten sie. Wie überall im Süden waren nach dem Zweiten Weltkrieg die Männer rar und viele alleinstehenden Bäuerinnen in den Dörfern sehnten sich nicht nur nach einer „Wärmflasche" im Bett, sondern noch dringender brauchten sie einen guten Handwerker und starke Hand für Haus und Hof.

Der Hermann reiste sogar mit dem Mercedes nach Italien an den Lido bei Venedig, und das schon Anfang der 50er-Jahre. Auf dem Wege durch die Schweiz und in Italien gab es damals kaum Tankstellen und so ging ihm in der Po-Ebene irgendwo der Sprit aus. Da half ihm ein liebenswürdiger Bauer aus der Not und gab ihm einen Kanister Nafta, also Heizöl, und wollte nicht einmal Geld annehmen. Wie der Filou übrigens verschmitzt schilderte, ist er auch in Bühl jahrzehntelang immer nur mit billigem Heizöl gefahren.

Seine Rückreise aus Italien führte ihn durch die Schweiz und über den Ofenpass im Kanton Graubünden. Unterwegs kehrte er in einem Gasthaus ein und gönnte sich ein Mittagessen. Damals waren die Bewohner der Schweiz in dieser abgelegenen Region noch bitterarm und die Speisen im Gasthaus spottbillig. Ein Menü kostete nur wenige Stutz (Fränkli). Die Bedienung hörte wo er herkommt und flehte ihn herzerweichend an: „Nehmen sie mich doch bitte mit nach Bühl, damit ich dort arbeiten und einmal richtig Geld verdienen kann."

Ja, der Hermann war eine Bühler Institution, gehörte zu den Honoratioren der Stadt und hatte zeitlebens ein gewichtiges Wort in der Kommunalpolitik mitzureden. Kultivierte Diskussionen konnte er auch im Alter nicht lassen, und wenn er politisierte – in der Sauna natürlich völlig nackt – spannten sich seine Lippen, dann bleckte er die Zähne, da wurde es ernst. Dabei ging es zu wie bei einer hochwichtigen Stadtratssitzung. Jedes Argument trug er gemessen vor, nachhaltig und sehr akzentuiert, keinen Widerspruch duldend. Selbstherrlich dozierte er hohe Politik und zog alle Aufmerksamkeit auf sich.

Mit Obst und Wein kannte er sich natürlich auch bestens aus und er konnte bei jeder Fachsimpelei gut mithalten. Sein gängiger Spruch war: „Me mues de Quetsche verkaufe wenn se Geld bringe, nitt wenn'se riff sinn" (man muss die Zwetschgen verkaufen wenn sie Geld bringen und nicht wenn sie reif sind).

Kurz nach dem Jahreswechsel, das neue Jahr hatte gerade begonnen, die Tage wurden langsam wieder länger, waren die Bühler Winzer in ihren Weinbergen in jeder freien Minute mit dem Rebschnitt beschäftigt. So etwa ab März, bevor bei der wärmer werdenden Sonne der Saft in die Triebe stieg, müssen sie noch gebogen und festgebunden werden. Häufig stellte Hermann dann seinen Altschweierer Mitbürgern die Frage: „Hesch d'Rebe schon boge, bisch schu bim herbschte?" (Hast du die Reben schon gebogen, bist du schon bei der Traubenlese). Regelmäßig erwiderten sie ihm: „Jo, jetzit häd'i Zitt, jetzt könnt'i herbschte" (Jetzt habe ich Zeit, jetzt könnte ich mit der Lese beginnen).

Ein anderes Original war der Roman, seines Zeichens Jockey aus dem Galopper-Renndorf Iffezheim bei Baden-Baden. Seine Körpergröße maß allenfalls 1,60 Meter, seiner Erscheinung nach war er also eher schmächtig, aber dank jahrzehntelangem Sport ungemein drahtig und auch Mitte der Sechzig noch gut beisammen.

Kurz nach dem Krieg erlernte er den Beruf des Jockeys – damals tatsächlich ein Ausbildungsberuf – und ist es vielleicht auch heute noch. Dazu gehörte eine anspruchsvolle Ausbildung in Deutschland und zudem noch unverzichtbar in Frankreich. Häufig bestritt er Rennen auf allen Galopper-Rennplätzen der Bundesrepublik und noch mehr in Frankreich. Mächtig stolz verwies er auf über 100 Rennsiege, und besonders schwärmte er von den Rennen, die er in Frankreich gewonnen hatte. Dort wurden Rennen und Siege weitaus besser honoriert, und überhaupt hatte der Reitsport in Frankreich – und somit auch der des Jockeys – ein viel besseres Ansehen und höheren Stellenwert wie in Deutschland. Dank seiner früheren Auftritte in diesem Land pflegte er auch im Alter noch gute Kontakte über die Grenze hinweg ins Nachbarland. Dort hatte er viele Freunde, die er öfters besuchte. Und jeder Besuch war damit verbunden, bei seinen Ausflügen stets einige Kisten Champagner zu kaufen und mitzubringen. Sein Vorrat durfte nie ausgehen, denn Champagner schätzte er über alles, und überdies war er ein Fan der französischen Küche.

Nach seiner aktiven Zeit als Jockey wechselte er beruflich zum „Benz" in Gaggenau – so bezeichnete man landläufig das Unternehmen Daimler-Benz und später nur noch Daimler – wo er bis zur Erreichung des Rentenalters beschäftigt war. Vom Verdienst als Jockey hätte er auf Dauer nicht leben und keine Familie ernähren können, und der Arbeitsplatz bei Daimler sicherte ihm überdies eine Altersrente, die er sonst auch nicht gehabt hätte. Dem Pferdesport blieb er aber weiterhin eng verbunden und gehörte im Pferdezirkus von Iffezheim quasi zum lebenden Inventar.

Seine Reden drehten sich ausschließlich um drei Dinge: Rennen, Pferde und Frauen. Von seinen amourösen Abenteuern mit Frauen erzählte er leidenschaftlich und sie wurden in unserem Kreis zur Legende. So klein er körperlich erschien, so groß war oder gab er sich als ausdauernder Liebhaber – zumindest wenn man seinen Schilderungen Glauben schenken wollte.

Natürlich konnte sich jeder von uns ausmalen, dass einer, der tagein, tagaus nur und überall über Sex spricht, bestimmt irgendwann auch auf ein williges oder dankbares Opfer trifft. Der Ritt auf einem Pferd soll – seiner Aussage nach – manche Dame recht hitzig gemacht haben, und Heu war in den Pferdeställen allemal genügend vorhanden.

Sehr förderlich im zwischenmenschlichen Kontakt war ihm sicher ohne Frage die Gabe, mit einer kräftigen, sonoren Stimme gesegnet zu sein. Solch eine markante Stimme hätte ihm bei seiner Körpergröße eigentlich niemand zugetraut. Roman war überdies ein endloser Witzeerzähler. Sein Repertoire schien unerschöpflich, und natürlich waren sie alle mehr oder weniger schlüpfrig. So verstand er sich permanent als gekonnter Alleinunterhalter und er genoss sichtlich die ihm daraus zukommende Aufmerksamkeit.

Noch mehr wusste er das Interesse auf sich zu lenken, wenn eine Flasche oder mehr seines geliebten Schampus indus hatte. Champagner liebte er über alles; wohl eine Referenz an Frankreich. Öfters musste er nach Schließung der Sauna nach Hause gebracht werden, oder seine Frau holte ihn vorsorglich dort ab. Er war nicht mehr in der Lage ein Auto zu steuern.

Der Dritte im Bunde dieser Originale war Hans (eigentlich Johann). Als Deutschstämmiger in Rumänien geboren und aufgewachsen, war er während des Krieges als überzeugter Nazi Freiwilliger in Hitlers Wehrmacht. Nach dem Krieg blieb er in Bühl hängen und heiratete eine Bäuerin mit Weinbau und Obst aus dem damals als Ort noch selbständigen Altschweier. So wurde er Winzer und Zwetschgenbauer im Dorf.

Bis ins hohe Alter – er starb mit 86 Jahren – blieb er ein bekennender Nazi. Mehrfach im Jahr, und an vielen Wochenenden, war er irgendwo in Deutschland unterwegs und traf sich mit Gleichgesinnten. Hinterher brachte er uns von solchen Treffen irgendwelche Pamphlets, Kopien von Veröffentlichungen in einschlägigen Zeitungen oder Hetzschriften mit und wollte mit uns in der Runde darüber diskutieren. Bei jeder passenden oder unpassenden Gelegenheit suchte er in Diskussionen seine Ansichten zu verbreiten und schnell das Thema „Juden" ins Gespräch zu bringen, sowie gegen die Amerikaner zu hetzen. Die Regierungen der Bundesrepublik jedweder Couleur waren ihm viel zu weit links. Wenn er auf die Juden zu sprechen kam, und dass Deutschland von finsteren Weltmächten verfolgt werde, spätestens dann mussten wir dringend das Gespräch umbiegen. Man kannte ihn gut genug und es ging nicht lange, bis einer aus unserer Runde ihn dann in die Schranken verwies: „Hans hör auf, wir wollen von diesem Zeugs nichts mehr hören".

Von dieser Marotte abgesehen, war Hans ein liebenswerter und freigiebiger Mensch. So wurde letztlich sein Mango in Grenzen geduldet. Wir hatten alles ganz gut im Griff und ließen ihn, wenn es uns zu viel wurde, einfach ins Leere laufen. Bis in seine letzten Lebenstage war der Mann erstaunlich geistig und körperlich fit, völlig klar im Kopf und ohne Einschränkung in der Lage, mit seinem Auto überall hinzukommen, wohin er wollte.

Seine letzte Fahrt führte ihn zu Angehörigen in die Pfalz. Dort ist er plötzlich und unerwartet an einem Herzinfarkt gestorben. Vielleicht fand so seine unstete Seele die nötige Ruhe und überdies eine andere Sichtweise der Dinge im erweiterten Blick aus den Dimensionen in der geistigen Welt.

13

Anam Cara - Seelenfreunde

An jenem Tag, an dem die Last auf deinen Schultern unerträglich wird und du strauchelst, da möge die Erde dir das Gleichgewicht wieder schenken.

An jenem Tag, da deine Augen nur noch graue Felder sehen, wo die Welt fast zu Eis erstarren will und Gespenster des Verlustes sich einschleichen, an jenem Tag möge ein Fächer sonnenbuntester Farben dich erfreuen, sanft-warme Winde gleich, der Mantel der Liebe sich um dich schmiegen und umschmeicheln, sowie dein Leben behüten.

An jenem Tage wird dir gewiss das ganze Spektrum und Mysterium der Schöpfung offenbar. Warst du schon einmal im frischen Morgentau vor Tagesanbruch draußen in der Natur? Es sind unvergleichliche Minuten und Momente. Sicher, es sind die dunkelsten Minuten bevor die Dämmerung des neuen Tages hereinbricht. Das unbegreifliche, der Beginn eines neuen Tages ist fokussiert im Ablauf dieser wenigen Minuten. Vom Dunkel einer Nacht, hin zum heraufbrechenden neuen Tag im Schein einer traumhaften Morgenröte sind es nur fingerbreite Lichtreflexe. Lautlos bricht der neue Tag an, die Dunkelheit verbarg es bisher noch, doch die Morgenröte enthüllt immer deutlicher werdend das zuvor Verborgene und bald in voller Pracht.

Schnell werden alle Facetten an Schönheiten der Natur im Licht sichtbar. Einfach gesprochen: „Das Licht ist ein Wunder der Schöpfung und im Universum, denn Licht ist die Mutter allen Lebens, ohne dasselbe es dies nicht geben würde.

Sollte die Sonne sich einmal von der Erde abwenden oder erlöschen, wäre alles irdische Leben in kürzester Zeit dahin, die Erde würde im Eis erstarren. So gesehen ist uns Licht gleich der Liebe ein ewiger Neubeginn. Ist nicht die Geburt der Beginn einer neuen Kreatur, ein kostbarer Augenblick, hin zur Vollkommenheit eines individuellen Wesens? Dennoch ist bei der Geburt das Herz – Sinnbild für den innwendigen Menschen – noch nicht vollkommen, denn Gott gab dem Menschen eine Seele aus Leib und Geist bestehend, dazu ein unverwechselbares Gesicht und das soll sich erst entwickeln, entfalten, wachsen. Das innere Gesicht bleibt zwar unsichtbar, wohl aber spürbar präsent und unterschiedlich ausgeprägt, je nach Wesensart und Charakter des Individuums.

Die idealste Schönheit dieses Gesichtes ist die Liebe. Durch sie wachsen wir, lernen wir geben und nehmen. Jene Liebe bringt der Seele stetes Wachstum und Gedeihen. Das Ewige erfüllt das Herz mit der Dringlichkeit für die Seele, denn auch sie braucht die Liebe wie der Körper die Luft zum Atmen lebensnotwendig benötigt. Nur in der Liebe kann die Seele sich selbst sein und befruchtend entfalten. Der Zweck unseres Daseins ist in ihr wahrnehmbar. Hält die Liebe Einzug in unser Leben, werden unendliche Dimensionen des erfüllten Seins darin erblühen. Sie bereiten Möglichkeiten, dass nichts verloren geht oder in Vergessenheit gerät. In den Kästchen des Gedächtnisses wird alles fein verwahrt. Die Ewigkeit ist eine stille Welt und die Seele ist deren Inhalt. Die Liebe ist ein Vasall der Seele und ihr ureigenes Geschöpf.

So zeitigt Liebe Freundschaft, die kein Falsch an sich hat und nichts Vorgetäuschtes ist, sondern ein Akt des Erkennens und des Sehens, dem es sich zuzuwenden lohnt. Durch ein Stundenglas gesehen – vielleicht in Jahrtausenden – heißt Liebe zu einem anderen Menschen sich erinnern. Gleichung der Wünsche, Gedanken, Bedürfnisse – gleich einem Doppelgänger – spürt die Seele Zugehörigkeitswerte. Liebe, Freundschaft erfordert Zuwendung. Wie viel Aufmerksamkeit widmen wir jenen Tatsachen und Realitäten wie Arbeit und dem eigenen Status; wieviel Energie fließt in dieses vergängliche Tun. Mehr auf das Wesentliche sehend, würden wir bald erkennen, wo tatsächlich der eigentliche Sinn und Zweck des Lebens liegt. Doch leider hat unsere Seele eine blinde Stelle. Darum müssen wir uns auf geliebte Menschen verlassen können. „Liebe macht blind", sagt der Volksmund. Demzufolge ist der für uns wichtig, der das Richtige sieht.

Man spricht verklärt vom Wunder der Liebe. Wir wurden geboren um zu lernen Liebe zu geben und zunehmen. Jesus gab ein zusätzliches Gebot, das Gebot der Liebe. In Kurzform: „Liebe Gott und deinen Nächsten wie dich selbst." Das bedeute, zuerst müssen wir uns selbst lieben können.

Unser Leben beinhaltet Denken und Tun, wir empfinden Angst, doch die Liebe, die Schwester der Seele, wird uns immer wieder Schutz gewähren. Denn nichts und niemanden kann so verletzen wie der Mensch, den wir lieben. Liebe kann tief verwunden, doch wer Liebe oder Freundschaft als Geschenk begreift, wird eine empfindsame Seele, ein gutes Gespür und ein offenes Auge haben. Wer liebt, der reißt Mauern nieder und sogar das Allerheiligste der Seele offenbart sich wie in einem aufgeschlagenen Buch. Dem Menschen, den wir lieben, räumen wir uneingeschränkte Macht ein und ergeben uns in völliger Hingabe. Wir werden eins mit ihm: Partner, Freund, Vater, Mutter. Dafür gibt es einen treffenden Begriff: Seelenfreund, Seelenverwandter oder eben „Anam Cara". Ihm kann man sein Innerstes öffnen.

Wohl dem Individuum, der solch einen Seelenfreund besitzt, sich mit ihm verbunden fühlen darf, sich über Moral und Engstirnigkeit hinweg setzt. Liebe ist jene Schwelle, wo göttliche und menschliche Gegenwart sich begegnen, aber möglicherweise auch auseinander driften.

Liebe ist eine schöpferische Kraft, die wahre Freiheiten eröffnen kann, die wachsen und gedeihen will. Doch alles das da wächst, braucht Raum, die Energie des Lichts und die Freiheit der Höhe. Die Winde des Himmels sollen dazwischen ungestört, unbegrenzt strömen dürfen. Ein Springbrunnen der Liebe sein bedeutet, den Körper mit einer geheimnisvollen Aura, einem Seelenlicht zu umgeben. Der schönste Aspekt einer tiefen Liebe ist das sich völlige verschenken und versenken in solchen, die wir körperlich lieben.

Ihm gilt unser völliges Entzücken. Sinnlichkeit wird zärtlich angenommen und in die Einheit von Körper und Seele fließende Liebeswonnen. Positiv zeigt sich die Liebe als Gleichgewicht von Seele, Körper und Geist, denn gleich den Blumen im ersten Sonnenlicht, geben wir uns den Strahlen der Liebe hin.

Dankbarkeit senkt sich ins Herz, darf man der Liebe Macht erfahren, und bitten, dass dieses wunderbare Liebesband dauerhaft erhalten bleiben möge. Sei es die Liebe von Mann und Frau, Freund, Kind oder Enkel. Immer soll der Mensch bemüht sein, solch einen Schatz und unschätzbare Kostbarkeit wie ein Augapfel zu bewahren. Schon seit der göttlichen Erschaffung des Menschen ist der Leib die Herberge der Seele. Wie zerbrechlich dieser Leib uns oft ist, ist hinlänglich bekannt.

Die Seele durchdringt den Körper und das was ist, wird durch das Fenster der Seele, das geistige Auge sichtbar. Mit dem Licht dieser Augen sieht der Mensch nicht nur die Welt, auch seine

Zugehörigkeit in Familie und Gesellschaft, seine Distanz, alles Positive, alles Negative, Furchtsames, Neidisches, Gleichgültiges – und alles hat seine Schattierungen, je nachdem der Blickwinkel ist oder im Fokus des Betrachtenden steht. Ob gierig blickend, nicht selten neidisch, manchmal verzweifelt, oder alles minderwertig kritisch betrachtend.

Doch manchem Auge bleibt verborgen, was es an geheimen Schönheiten zu entdecken gibt. Doch für ein liebendes Auge ist alles wirklich niemals naiv, noch sentimental, es sieht nur Edles, sieht Wahrheit, Wertschätzung, Licht, auch Leid und Schmerz, will erneuern, leuchtet, ist selbständig und frei.

Die Seele nutzt dieses Instrument um sehend, hörend und fühlend zu sein. Alle Empfindungen sind nötig um das pralle Leben in sämtlichen Facetten wirklich zu begreifen. Sehende Augen, hörende Ohren bedeuten die pulsierende Schöpfung in einer verständlichen Sprache hören und zu verstehen, aber auch an der Schwelle zwischen Geräusch und Stille derselben aufmerksam zu lauschen.

Der erste Ton den der Mensch vernimmt ist der Herzschlag seiner Mutter, er ist der Urzustand, das Eins sein mit dem Ton. Erst nach der Geburt offenbaren sich brutal die Unterschiede. Wir erlauschen Dinge ohne sie zuhören und so wie Schweigen, plus Sprache, also das Hören dem Dichter sich offenbart, so sind es Töne, in denen die Stille sich begegnet. Die Seele verbindet beides zu einem ewigen und möglichst harmonischen Klang. Denn die Seele dürstet nach der Ewigkeit – wozu sie von Anfang an bestimmt war – und im Einklang von Seele und Körper sind wir nicht für die Erde allein, sondern für die Ewigkeit geboren. Unser Körper ist ein Wesen der Natur und jedem ist ein bestimmtes Los zugedacht, doch das Spannungsverhältnis zwischen Geist und Irdischem ist die Quelle aller Kreativität.

Unsere Seele ist der Mittler zwischen Körper und Geist. Sie will immer etwas Neues in uns schaffen, das in der Gestalt der Zeit, als Ausdruck der Zugehörigkeit des Lebens das Innenleben bevölkert. Mit der Sprache der Seele können wir das Schöne klug entdecken, uns finden, denn eine gesunde Seele ist nach göttlicher Bestimmung sehr weise und klug, sie liebt die Einheit und will Getrenntes zusammenfügen, will Sehen, Hören und Empfinden zu einem vollkommenen harmonischen Gleichklang bringen.

Durch die Seelenarbeit werden in der Fülle Gedanken geboren und geformt, die steht's in uns gegenwärtig sind. So ist auch die Welt des Denkens, des Schreibens, der Dichtung eine kreative Unsichtbare. Es gehört eine große Portion Geduld dazu, um die unsichtbare Ernte auf dem Geistesfeld zu entdecken und zu erleben. Das menschliche Auge liebt alles zu sehen und weniger nur zu glauben. So wenig wie dem Auge der Alterungsprozess der Seele sichtbar wird, so wenig wird's ihm bewusst, dass das Leben ein Kreislauf gleich einem Jahr ist. Es ist kein Geheimnis, ein Menschenleben beinhaltet genau denselben Kreislauf. Aus dem Winter geht der Frühling hervor, geht übergangslos in den Sommer über, dem folgt der Herbst und gibt dem Leben seine Vollendung und mündet dann unaufhaltsam ein in den kommenden neuen Winter.

Auch jeder neu aufsteigende Tag bildet einen Kreislauf. Aus Nacht und Finsternis steigt unaufhaltsam im flammenden Rot am Himmel der neue Morgen herauf. Er durchläuft seine Zeit bis zum Zenit am Mittag und senkt sich in der Hitze des Tages über den Nachmittag gegen den lauen Abend in die Nacht.

Unser Herz durchlebt gleichfalls solche vier Etappen, gleich dem Frühling, Sommer, Herbst und Winter. Alles was uns bewegt, uns begegnet, ist ein Bestandteil des Kreislaufes im Lebens, es sind die kurzen oder längeren Augenblicke unserer Pilgerfahrt, die wir durchlaufen. Darin liegt Anfang und Ende, gekleidet in den Ausruf von Shakespeare: „Wie Wogen drängen nach steinigem Strand, zieh'n Stunden eilig an ihr Ende und jede tauscht mit der, die vorher stand mühsam ziehen, nach vorwärts mich nötigend."

Älter werden im menschlichen Sein hat viele Aspekte, nehmen wir nur die Gabe der Ruhe, der Besonnenheit, der Gelassenheit, der Stille und selbst der Weisheit. Die Weisheit aus der Sammlung an Erfahrung und Wissen ist ein wunderbarer Freund und Gesellschafter, denn es ist die tiefste Art von Wissen, ist Einklang mit der Seele, wo Göttliches, wie Zeitliches gleichermaßen erlebt wird.

Dem Alter, heißt gereiftem Leben, gebührend Gehör schenken bedeutet Entscheidungen, Visionen die der Zukunft gelten zu glauben. Reife des Alters bedeutet zudem Freisein, Bürden abwerfen, Pflichten sich zu entledigen, unbeschwert den Tag genießen mit Brille und Hut, so es die Gesundheit zulässt. Den unbekannten Begleiter – der seit der Geburt auf Schritt und Tritt unser Gefährde ist – als willkommenen Gast am Ende unseres Lebens sehen, dem wir als Mittler zwischen der Ewigkeit und Zeitlichkeit Respekt zollen. Er wird jeden finden dessen Zeit erfüllt ist, denn er war oder ist uns am Nächsten.

Der körperliche Tod ist allen Menschen der letzte Weg heraus aus der stofflichen Welt in die Geistige. Sein weiter Horizont dem er entgegen geht, um die Brunnen der Schönheit in einer anderen, bisher unsichtbaren Welt zu genießen. Der Tod kann niemals negativ sein, weder Tragik noch Mysterium. In der Tat befreit er unsere Seele nur von allem körperlich-stofflichen Ballast. Was bleibt, ist neben der Erfahrung, dem angesammelten Wissen aus einem kurzen oder längeren Leben, das ewig Unvergängliche, die Liebe. Die Liebe ist wiederum der göttliche Urzustand der die Seele mit dem Geist in Harmonie vereint, in einer endlosen Ewigkeit, dem immerwährend Bleibenden.

Epilog

Der Begriff „Anam Cara" bildete sich aus Anam für „Seele" und Cara für „Freund". Er geht zurück in die Zeit der frühen keltischen Kirche und galt für einen solchen Menschen, der als spiritueller Mentor, Lehrer oder einfach als Gefährte fungierte; „Anam Cara" genannt.

„Anam Cara" war ursprünglich ein Mönch, der die Zelle mit einem Mitbruder geteilt hat.

Weiter im Handel erhältliche Titel des Autors:
Alle Bücher sind kurzfristig bei BoD, Buecher.de (versandkostenfrei), Amazon und anderen im Internethandel erhältlich, ebenso im örtlichen Buchhandel, sowie als E-Books.
Mehr: www.schwarzwaldautor.de

Leben ist Glück genug - Vom Schwarzwald zur Seefahrt bei der Marine
Paperback, 280 Seiten, 8 Farbbilder, ISBN 9-783-735-743-411
Aufwärts ist längst nicht oben
Paperback, 356 Seiten, 35 Farbseiten, ISBN 9-783-735-739-056
Zu Fuß dem Südwesten hautnah 111 Tipps und mehr – ein etwas anderer Wanderführer
Paperback, 260 Seiten, 46 Farbbilder, ISBN 9-783-738-628-814
Deutsch-Französische Liaison - C'est la vie
Paperback 116 Seiten, 13 Farbbilder, ISBN 9-783-739-223-629
Tod am Lisengrat - Eifersucht unter ungleichen Brüdern
Paperback, 116 Seiten, 2 Farbbilder, ISBN 9-783-734-752-551
Drama am Breithorn
Paperback, 108 Seiten, 6 Farbbilder, ISBN 9-783-734-765-131
Verschollen am Großvenediger - Hilflos in eisiger Sphäre
Paperback,156 Seiten, 11 Farbbilder, ISBN 9-783-738-645-484
Mord in Hintertux - Tatort Zillertal
Paperback 104 Seiten, 18 Farbbilder, ISBN 9-783-739-215-136
Der Spieler - Ein ungewöhnlicher Kriminalfall
Paperback, 132 Seite und 6 Farbbilder, ISBN 9-783-734-776-199
Gesellschaftskritisch aus Erfahrung
Zu fit für den Ruhestand - zu alt für einen Job
Paperback, 108 Seiten, 11 Farbbilder, ISBN 9-783-735-743-213
Im Banne des Moospfaff
Paperback, 120 Seiten, 10 Farbseiten, ISBN 9-783-741-226-601
Dunkel überm Eulenstein - der Baden-Krimi
Paperback, 144 Seiten, 12 Farbseiten, ISBN 9-783-741-299-490

Reflexion des Lebens in Lyrik und Prosa
Paperback, 140 Seiten, 23 Farbseiten, ISBN: 9-783-741-276-576
Resi's Gedichte und sonst nichts
Paperback, 144 Seiten, 8 Farbbilder, ISBN 9-783-734-771-965
Glauben ist einfach - oder einfach glauben
Paperback, 340 Seiten, 25 Farbseiten, ISBN 9-783-735-722-829
Lach mal wieder -
Eine Sammlung von 163 Liedern, Vorträgen und Sketchen
Paperback, 292 Seiten, 17 Farbbilder, ISBN 9-783-741-228-766
Über Grenzen gehen - Wenn einer eine Reise tut…
Paperback, 360 Seiten, 26 Farbseiten, ISBN 9-783-734-746-925
Sabotage im Weinberg
Paperback, 124 Seiten, 12 Farbseiten, ISBN 9-783-741-297-250
Mein Freund der Alkohol - Kritische Betrachtung eines ambivalenten Genussmittels
Paperback, 244 Seiten, 18 Farbseiten, ISBN 9-783-743-138-612
Der Eremit vom Wilden See - Ein entschlossener Aussteiger
Paperback, 252 Seiten, 29 Farbseiten, ISBN 9-783-744-856-829
Meine Rache ist Amok
Paperback, 236 Seiten, 5 Farbseiten, ISBN 9-783-749-453-061
Der Seppe-Michel vom Michaelishof - Eine Schwarzwald-Saga
Paperback, 304 Seiten, 23 Farbseiten, ISBN 9-783-746-026-308
Michaelishof - Eine Tochter muss sich behaupten
Schwarzwald-Saga Teil 2
Paperback, 336 Seiten, 23 Farbseiten, ISBN 9-783-744-840-392
Top-Touren im Südwesten - für geübte und konditionsstarke Wanderer
Paperback, 296 Seiten, 45 Farbseiten, ISBN: 9-783-750-431-430